煦色韶光

国网泰州供电公司『金泰阳』共产党员服务队纪实

叶弥 汤成难 著

江苏凤凰文艺出版社
JIANGSU PHOENIX LITERATURE AND ART PUBLISHING

图书在版编目（CIP）数据

煦色韶光：国网泰州供电公司“金泰阳”共产党员服务队纪实 / 叶弥，汤成难著. -- 南京：江苏凤凰文艺出版社，2022.11
ISBN 978-7-5594-5010-4

Ⅰ. ①煦… Ⅱ. ①叶… ②汤… Ⅲ. ①报告文学 – 作品集 – 中国 – 当代 Ⅳ. ① I25

中国版本图书馆 CIP 数据核字（2022）第 189277 号

煦色韶光

叶　弥　汤成难　著

责任编辑	李　黎
特约编辑	郭　幸
责任印制	刘　巍
装帧设计	有品堂 _ 刘　俊
出版发行	江苏凤凰文艺出版社
	南京市中央路 165 号，邮编：210009
网　址	http://www.jswenyi.com
印　刷	苏州彩易达包装制品有限公司
开　本	718 毫米 × 1000 毫米　1/16
印　张	16.5
字　数	200 千字
版　次	2022 年 11 月第 1 版
印　次	2022 年 11 月第 1 次印刷
书　号	ISBN 978-7-5594-5010-4
定　价	68.00 元

目 录

一 序章：追风逐电

二 金泰阳：煦色韶光

四　担当篇：追云逐电

在时代的洪流中，他们挺身而出，追云逐电，勇于担当，交出一份份成绩优异的答卷。

五　业务篇：风行电照

业务当先，效率优先，他们总以风驰电掣的速度，风行电照的气势，奔波在供电一线的现场。

一 序章：追风逐电

从成立的那一刻开始，国网泰州供电公司的员工们，
就是追风逐电的少年，奔驰在电力发展的高速路上。

这里，是泰州。

汉唐古郡，淮海名区，祥瑞福地、祥泰之州。

泰州地处江苏中部，长江北岸，南濒长江、北邻盐城、东临南通、西接扬州，是承南启北的水陆要津，为苏中门户，自古有“水陆要津，咽喉据郡”之称。700多年前，马可·波罗游历泰州，不由得称赞“这城不很大，但各种尘世的幸福极多”。

如今，走在这座江北的城中，依然随处可见各种“尘世的幸福”，那是每日清晨伴随着早点的香味，渐渐欢腾的车水马龙；那是每天傍晚伴随着落日的余晖，此起彼伏的生活图景。在这里，随处可见幸福安定的微笑在人们脸上悄然绽放。

而这样的幸福安定，现代城市的平稳运行，需要仰仗的重要资源，正是电力。

电力在城市的经脉处穿行，赋予一座城市晨起晚安的能力；电力为每一家早餐店赋能，赋予新鲜澎湃的活力；电力为每一个企业赋能，赋予创新前行的动力；电力为每一个家庭赋能，赋予每一个夜晚生命力。在夜幕降临时，全城亮起的万家灯火，是这个尘世之中，最寻常也最温暖的微小幸福。

每一家的微小幸福，汇聚起来，就成为璀璨星河般的人间大爱。

大楼夜景

万达招商大会 4月15日召开
8666 6666
国家电网 STATE GRID

2020年6月13日19时37分，泰州市10千伏观新192号线路遭雷击跳闸，全线用户失电。国网泰州供电公司配电运检室26名员工组成“雷暴抢修小分队”，连夜冒雨对线路故障进行抢修。21点18分，刁铺镇10千伏观新192线路及时恢复正常运行。

我们看不见电，可是我们能够看到那些穿着蓝色工作服的供电工作人员，日夜穿梭在泰州城镇的大街小巷之中，日复一日地维护着供电系统的正常运营。遇到恶劣天气，他们更是要顶着狂风暴雪，为出现故障的线路排患解难。

一年四季，日夜更迭，每一家企业的正常运营，每一个家庭的幸福安康，都离不开这群人的辛苦付出。

他们是泰州供电人。泰州供电局组建于1996年12月，2001年，国网泰州供电公司成立。公司辖4个市（县、区）公司，本部设有职能部室 14 个、业务支撑和实施机构 7 个，全民员工 1914 人、农电员工 2652 人，全市供电所 80 个，营业户数 278 万户。泰州电网现有 35 千伏及以上变电站 177 座、输电线路 5700 公里，以 500 千伏变电站为支撑电源点，形成南北两个分区高可靠性 220 千伏双环网结构。2021 年，全市全社会用电量 337.80 亿千瓦时，同比增长 10.08%；售电量 308.74 亿千瓦时，同比增长 11.00%。累计全社会用电量、售电量双双实现正增长。调度最高用电负荷达到 560.6 万千瓦，五创新高；最高日调度电量 1.23 亿千瓦时，连续 5 年最高日电量破亿。

近年来，国网泰州供电公司先后获得“全国文明单位”“全国五一劳动奖状”“国家电网公司先进集体”“全国实施卓越绩效模式先进企业”“全国安康杯竞赛优胜电网企业”“江苏省五一劳动奖状”“2019 质量之光年度质量标杆企业”“改革创新奖”“江苏省质量管理优秀奖”等荣誉称号，两获泰州市“骏马奖”，

振泰电灯股份有限公司门头

连续 16 年获评“十佳服务地方发展单位”，获得服务地方经济社会发展“特别贡献奖”。

一叠叠的成绩单，凝聚着泰州供电人几十年如一日的坚守，他们用自己的风霜雨雪，换来了一座城市的岁月静好。而这样的岁月，他们已经坚守了 100 多年。

泰州的发电史，得从 1917 年开始说起。那一年，新文化、新思想涤荡神州大地，曾任省议员的泰县大泗庄开明绅士于海珊，目睹四野满目疮痍，毅然拿出所有积蓄——14 万银元，从德国引进一台 50 千瓦的交流发电机，在泰州大东桥东 16 号创办起泰州历史上第一个电厂——振泰电灯股份有限公司。创立伊始，振泰靠着一条 3.30 千伏的直配线路，为商店、米厂和纱厂等提供照明。随着那台 75 马力蒸汽机的轰鸣声，泰州古城燃起了第一缕现代文明之光。

于海珊原来是做纱厂的，后来转行电厂，都是实业，名为振泰，这也是显然易见，就是希望能够振兴泰州。

此后，泰州电力发展星火燎原，到 1936 年，靖江、泰兴、泰县、兴化等城镇相继办起电厂，总发电装机容量达到了 255 千瓦。几经战乱更替，到新中国成立前，振泰电灯厂发电装机容量达到 545 千瓦，年发电量 23.50 万千瓦时，振泰电灯厂、泰来面粉厂和华泰纱厂这“三泰”成为泰州工业的主力。

新中国成立后，振泰电灯厂迎来了新生，与官办电厂合并成为“公私合营泰州电力公司”，于海珊振兴泰州的梦想在儿子于化欧身上得以实现。于化欧出任新生的泰州电厂厂长那天，禁不住内心的喜悦，在日记里写到“渴望已久的梦想终于实现了，今天，我们的电厂获得了新生”。或许，在于化欧的心里，电力不仅仅是事业的传承，更是梦想的延续。他主动带领职工，修好了因损坏而闲置 15 年的发电机，积极扩充设备容量，全身心投入社会主义建设大业中来。

1960 年，泰州电力还只是一个小小的县供电所，几间平房掩映在一片茂密的水杉树下。当时，泰州电力处于自力更生的自发

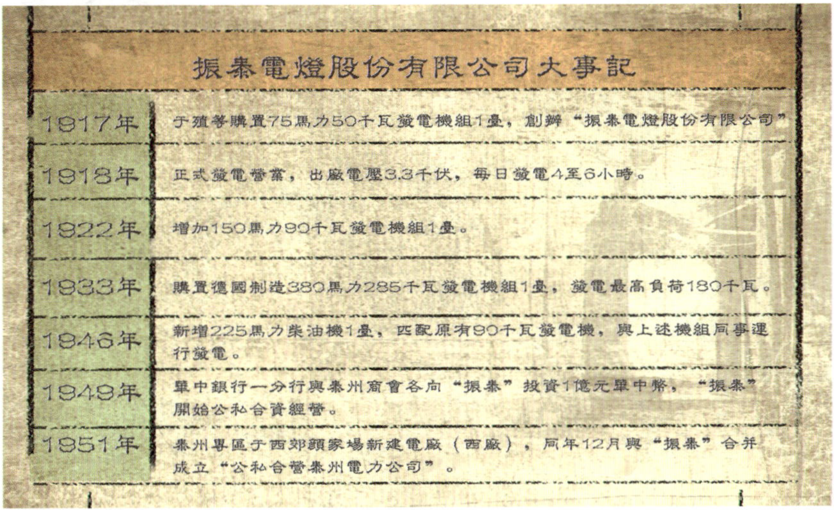

振泰電燈股份有限公司大事記

1917年	于殖𦘕購置75馬力50千瓦發電機組1臺，創辦“振泰電燈股份有限公司”
1918年	正式發電營業，出廠電壓3.3千伏，每日發電4至6小時。
1922年	增加150馬力90千瓦發電機組1臺。
1933年	購置德國制造380馬力285千瓦發電機組1臺，發電最高負荷180千瓦。
1946年	新增225馬力柴油機1臺，匹配原有90千瓦發電機，與上述機組同事運行發電。
1949年	華中銀行一分行與泰州商會各向“振泰”投資1億元華中幣，“振泰”開始公私合資經營。
1951年	泰州專區于西郊顏家場新建電廠（西廠），同年12月與“振泰”合并成立“公私合營泰州電力公司”。

电状态，区域内只有一个小发电厂和一个小升压站，6 条线路给主城区的一两条街照明。那个年代，电还是稀缺品，绝大多数百姓只能靠煤油灯来度过漫漫长夜。

但是，这样的日子很快就结束了。1960 年，中央颁布了“农业发展纲要 40 条”，全国上下在“歌成海洋诗成山”的浪漫豪情中齐心协力大办农业。泰州响应号召，开始大规模实施“旱改水”，农业灌溉用电需求十分迫切。在这样的背景下，泰州发电厂机组“走出”泰州，成功并入 35 千伏的扬泰电网，从此结束了泰州电力孤网运行的历史。

日渐稳定的并网来电让泰州人民的生产生活发生了显著变化，每周轮流停电变成了偶尔限时用电。两年后的 1962 年，扬泰电网又并入苏南电网，成为区域电网的重要组成部分，极大地满足了泰州和邻县地区的用电需求。同年，泰州电力并入扬州供

小帮船

1996 年 12 月 30 日泰州供电局成立大会

电局，成为华东电业管理局的直属单位。

泰州历来是鱼米之乡，水网密布，当年人们的出行劳作，很多时候都要靠一种独特的小帮船。许多电杆和线路也架设在纵横交织的水网之上，每逢线路检修，供电人不得不在小帮船上“安家”。

泰州至海安县烈士变电所有一条约 50 公里长的 35 千伏线路，塔基全都架设在水网淤泥里，地理条件十分复杂。清晨，天刚亮，小帮船就穿梭在雾气蒙蒙的沟道中。十几条船集中分工后，供电人们就各自打起旗子，在号子声中开始了每天的劳作。春寒料峭，他们每人每天要登杆八到十基，有的电杆竖在老沤田里，他们不得不卷起裤脚蹚水入泥，刺骨的寒冷不时从脚传遍全身。他们从

1996 年 12 月 14 日，组建泰州供电局、宣布领导班子会议会场

不怨天尤人，也从不叫苦叫累。

天黑了，大家才收工。这时候，船要集中在一起也十分困难，因为里下河港汊纵横交错，小帮船进去容易出来难。大家只好裹着棉被拿着压接管使劲吹来集合，很多时候只闻其声不见其人。在荒凉寒冷的夜晚，那声音听起来有些凄楚，却又温暖人心。岁月有声，峥嵘如歌。

1996 年，沐浴着改革的春风，泰州升格为地级市，泰州电力也随之升级为市局，下辖 5 个县局。初创时的泰州供电局几乎是白纸一张，面临“一穷二白三无”的窘境。

灯火通明的老局三楼，见证了那段难忘的岁月。没有“一砖半瓦”的市局，与县局挤在一起“合署”办公，破旧的老仓库成了员工宿舍和食堂。只编配了一半的职工，大家既是领导又是兵，挤在一起用实干憧憬未来。

作为全省最晚成立的市局，1996 年底，泰州全地区只有 6 座 220 千伏变电所，其中 3 座面临淘汰，城网线路不到 40 条，农网私拉乱接现象普遍存在，单线单变多，供电极不稳定，用户投诉情况频发。

老局三楼的灯光感动着每一位局领导，更感染着每一位员工。在“艰苦奋斗干事业，勤俭持家抓组建”精神的带动下，泰州供电局成立不到一个月，四部一室就组建起来，一手抓交接一手抓推进，在短短三个月时间里，4 个县局、4 个分局、16 个部室相继成立。又过了三个月，扬、泰电网正式分开运行。

抱着这样的雄心壮志，泰电人较着劲、比着干，谁也不甘落后，全局上下拧成一股绳，克服了重重困难，踵趾前行，开始了波澜壮阔的“爬坡”兴电之路。泰州供电局 1997 年成为省级双达标企业，1998 年成为江苏省和华东一流供电企业，1999 年成为国家一流供电企业，2000 年正式通过国际一流供电企业标准诊断验收。泰州电力在短短的几年时间里，孕育成型，破茧而出。

到了 2002 年，又有一个里程碑式的成果，500 千伏泰兴变电站落址苏中门户泰州，它将成为华东电网的枢纽。随着一把把闸刀的到位，一个个开关的竖起，一台台电抗器的上马，2002 年国庆节前夕，泰州地区首座 500 千伏变电站顺利投运，并获得了国家工程建设领域最高奖——鲁班奖和国家优质工程奖。

泰州供电人不仅守护着一城安宁，更是心怀天下。2008 年初的冬天，华夏南国遭遇冻雨严寒自然灾害，冰封千里，郴州断电超过一周，成为黑暗“孤岛”。国网江苏省电力公司派出的首批大型发电车，成为点亮灾区的第一丝曙光。泰州供电人带着心爱的发电车，奔波于郴州市区各个要地。很多市民家里断了炊，

湖南郴州抗冰雪

他们就奔赴米厂，保障口粮正常供应。有的市民小区停电十天了，他们就赶去送上光明。他们分成两班，待在狭小的保电车里，精心保养着车载发电机组，24小时连轴转，饿了啃口烧饼，渴了喝口凉水。

冰冷血热，战地豪情。那一年，他们还支援四川抗震救灾、远赴首都奥运保电。在国家需要、人民期盼的时刻，泰州供电人冲锋在前，甘愿奉献，坚守阵地，不惧艰辛，刻画出泰电之魂的坚贞与执着。

2100年历史文化积淀，传承着楚汉之韵，孕育出江淮之风。在这片富饶俊逸的土地上，文明之光引人入胜，百年泰电历久弥新。泰电之魂，永不熄灭。我们将继续昂首阔步，奋力前行……

二

金泰阳：煦色韶光

时光总在飞逝，那些过往，如同一闪而过的电光石火，让人追忆，让人感慨。然而，总会有一缕阳光，永远镌刻在时间的长卷上，书写着温暖与感动。

一轮温暖人心的金泰阳

2012 年，一轮“金泰阳”，冉冉升起在泰州这片土地上。

2012 年至 2022 年，十年时间，在历史的长河中，如同白驹过隙。然而，十年，对于一个人或团队的成长，却是一段丰富漫长的经历。

2012 年的春天，国网泰州供电公司成立了“金泰阳”党员服务队，这是一支立足岗位发挥特长，播撒爱与光的队伍；这是一支处处争当电力系统新时代“雷锋”的队伍。他们始终牢记习近平总书记“做好电力先行官、架起党联系群众的连心桥”的重要指示，通过十年不懈努力，服务队覆盖国网泰州供电公司三市三区营销农电、运维抢修、后勤服务等所有专业。

如今，这支队伍已经拥有 153 名队员，这其中有助力乡村振兴，推动乡村电气化提升工程的“第一书记”，有被评为营销“江苏好人”“劳动模范”“优秀青年”的代表。他们牢记初心和使命，他们有责任与担当，他们多年如一日，坚守卡口，播撒爱心，他们为这轮“金泰阳”奉献着自己的一份光芒。

“金泰阳”并非凭空而出。早在泰州公司成立之初，就有这样一支服务队活跃在祥泰之城，他们是党员志愿者，多年以来，

挂钩社区服务

一直践行着“踏实工作、用心服务、奉献社会、电靓凤城”的目标。到了 2012 年，由常洁牵头成立了“金泰阳”青年志愿者服务队，他们以“金泰阳，播撒爱与光”为宗旨，与多个社区建立了联系网络，不仅及时为电力客户解决用电困难，还为社会弱势群体提供关爱和帮助。他们守正创新、担当作为，以“务实、扎实、踏实”的工作作风，以“金泰阳”暖人心，从“金泰阳”中见真情，服务于泰州绿色电力的发展。

十年时间，“金泰阳”服务品牌已经成为国网泰州供电公司践行社会主义核心价值观、建设和弘扬企业文化的实践载体、成为传播“你用电、我用心”优质服务形象的桥梁纽带；他们以客户需求为导向，提供“定制化、便捷化、智能化”的优质服务，提升感知、创新体验，“用心”让客户能看得到、感受到、记心上；他们协同办公，一站式服务，“用心”让员工有归属感、成就感、幸福感；他们如同一轮太阳，温暖着这方土地上的人民。

一场场看望老人的活动

泰州，城北。

这里还未纳入泰州市政规划，街面芜杂，巷道破旧，地面坑洼。附近没有大型生活场所、医院等，配套设施仍不齐全，年轻人早已想方设法搬离，迫不及待住到新开发的小区去。

巷子极为狭窄，如果从一个巷口走进去，每当有人相会，就不得不侧着身子。两侧的木窗微启，透出屋内陈腐的气息；门槛被经年累月地踩踏，留下凹陷而光滑的曲线；蕨草从砖缝里伸出来，倔强地生长着——巷里的一切都散发着陈旧而古老的气息，城市的汽车和高楼与它丝毫没有关系，在这个迅猛发展的年代，它突然停了下来。青砖、飞檐、木门、窗楞，一切如旧。

住在小巷里的陈淑芳老人，今年84岁了，儿女都在外地打工，过年过节也难得回来。两年前老伴去世后，她的日子，便越发孤单了。

一天中的大多时间，陈淑芳老人都坐在小院里，眯着眼睛听电视的声音。电视机成了她唯一的“伴侣”，早晨醒来的时候，吃饭的时候，干活的时候，以及临睡前的那些昏沉时光，她都会打开它，听着里面咿咿呀呀的声音，这使她常常有种与它相依为命的感觉。

一个寻常的周日，陈淑芳老人家中忽然热闹了起来。这也是她最热切盼望的日子。一大早，她恨不得要站在巷子口，去迎接这一群年轻人的到来。

说着笑着，如同春风一般，年轻人来到陈淑芳老人的家中，有坐着陪她聊天的，有帮着做家务事的，也有忙着给电路做检查的。“陈奶奶，上次看您这里电路有点老化了，这次专门给您带

上门检查线路

了一些新的，给您换上。”

陈淑芳老人看着年轻人，心里很高兴，更多的是一种信任和依赖。她看到年轻人的衣服上都有一个醒目的标志，如同一轮冉冉升起的太阳，细看又是一只展翅高飞的凤凰。他们是国网泰州供电公司的党员职工，他们有一个共同的名字：金泰阳党员服务队。在这支服务队中，每个人既是党员，又是专业精英。

“金泰阳”爱心服务队建立了一个专门的台账，台账上都是孤寡老人、残疾人、特困户等需要照顾的特殊群体。除了客户用电方面的困难他们义不容辞，生活中有需要帮助的时候，他们也都是随叫随到。如今，“金泰阳”帮扶的家庭，就有300多户。定期看望孤寡老人、留守儿童，已经成为团队成员们的固定活动。他们将自己的热情和爱心，传递给那些需要的人。在“金泰阳”团队中，每个人都是一轮小太阳，用自己的光热，温暖着这座城市的每个角落。

社区服务

一次次细致入微的巡查

“社区办公用房目前仍然是接的物业公司的分表，希望能够新装电表享受居民电价，并在改造上予以关心和支持。”（前期申请过，后因位置和费用问题搁置）

“辖区鹏欣丽都为一建成十年之久的小区，小区里多为高层楼房，曾发生过配电房断路器起火、楼栋动力配电箱起火事件。希望供电部门对于入住时间相对较久的小区电力线路是否存在老化等安全隐患情况进行专业的指导并提出相关建议。”

这是一份国网泰州供电公司街道社区走访活动记录，挂钩人为王志华，走访区域为城北街道东街社区。从这份走访报告中可以看出，王志华对自己挂钩的区域了如指掌，对于解决方法也有自己的看法。

其实，这不过是“金泰阳”社区服务的常态，每位“金泰阳”

队员，都会把自己的工作踏踏实实纳入街道社区中去，让自己能够真真切切地为百姓服务。

不仅有“挂钩人”的服务，还有一份更为详细的活动汇总表，这是一种有求必应的工作态度。城南街道凤凰社区提出，社区中心广场要建一座便民服务亭，需要接入电源，供电公司迅速回复，安排人员立刻前往现场勘查。莲花社区要求对社区内的孤寡老人、困难群众家中的线路老化问题多予以关注，供电公司就立刻安排专职人员前往排查。这就是“金泰阳”的社区服务，他们公开发布制定服务“十项承诺”，全方位服务市区5个街道60个社区，并且定期上门征求意见，及时协调解决街道社区用电需求，建立融洽的政企关系，集中公司和社会资源，为配网工程、计量项目营造良好施工环境，逐步解决老城区线损管理难题。

“金泰阳”的每次行走，足迹都深入社区，为每一户困难家庭排忧解难。

一个个奉献自我的榜样

这支队伍充分利用先进人物、品牌服务和亮点工程，塑造立体式共产党员服务队品牌，推动服务队建设持续深化，进一步增强服务队的先进性、示范性和凝聚力、战斗力。在他们之中，更有一批勇于奉献自我的榜样，他们的一言一行，都是活生生的例子，感染着身边其他队员。

他们当中有“江苏好人”常洁。常洁是一位柔弱的女性，却有一份敢于承担的勇气。她是国网泰州供电公司市区营业厅的班长，也是“金泰阳”服务队的队长。平时在营业厅内，迎来送往着百姓市民，遇到需要帮助的人，她一定会挺身而出，全力相助。曾有位残疾人来到营业厅，询问残疾人证能否得到相关政策的帮

常洁

看望孤寡老人

扶，虽然不符合规定，但是常洁却把他放在心里，在营业厅目送残疾人离开之后，常洁就立即根据信息联系到他所在社区，了解到更多关于他的家庭困难，将他列入了“金泰阳”服务队的重点关爱对象名单。从此以后过年过节“金泰阳”服务队都会带着米、油、大礼包来看望他。

“金泰阳”服务队和多个社区建立了联系网络，对弱势群体进行关爱帮助，解决用电困难，因地制宜地推出“用心倾听、耐心解决、精心办理、贴心服务、爱心帮扶”的“五心服务”。服务队开辟绿色通道和无障碍通道，设计推广爱心服务卡，为多位孤寡老人、残疾人、特困户等弱势群体建立了专门台账，无论是

栾忠飞

上门检修电路电器，还是定期走访送米送油；无论是为老人们打扫卫生，还是为留守儿童辅导功课，每一件小事都落到了百姓的心坎上，暖在了群众的心里。“用电有困难，找‘金泰阳’服务队”，渐渐成为泰州广大电力客户的一个习惯。

他们当中有“全国向上向善好青年”栾忠飞，他是一名普通的国网员工，心系客户为民服务，用真诚和微笑带给客户满意的服务；他是一名平凡的电力青年，锐意进取成长成才，用自信和拼搏展示了“90后”的阳光与执着。参加工作以来，他历经用电检查、优质服务、采集运维、线损管理、信息稽查等多个专业，做到“干一行精一行”，迅速成长为中央企业技术能手，有力推动了工作的创新提升。从事营销专业工作的9年，无论是在服务客户的一线，还是从事营销管理工作，他都保持着客户至上的心态，发挥营销专业贴近百姓的优势，竭诚为百姓用上电、用好电“多做一点，再多做一点”。工作中，他深入一线，为各地用电企业解决后顾之忧。生活中，他走在一线，为百姓生活提供更多的帮助。

在队伍中，每一位队员，都是榜样，他们互为补充，共同谱写着“金泰阳”的故事。

一位位挺身而出的英雄

2020年，新冠疫情突然来袭。

对于这位从未谋面过的新对手，“金泰阳”的队员们铆足精神，挺身而出。他们用坚强的意志，必胜的决心，筑造起一道抗疫的万里长城。

在疫情初期，服务队员们在短短三天内，便募集资金逾二十万元，通过省妇女儿童基金会、市红十字会等机构，捐赠到武汉、泰州等地疫情防控一线。凝聚滴水之力，为战疫奉献力量。

金泰阳的队员们全员出动，为全市 5 家定点医院、24 家发热门诊、26 个集中隔离点、14 家防控用品生产企业、21 家其他重要客户提供供电保障。他们知道，这时候的电力，就是抗疫的坚强后盾。

队员们还通过社区服务网格，谋划提供“爱心打印”服务。“爱心打印”服务为不少家庭解决了燃眉之需；在得知口岸中学新疆班的学生们因疫情原因无法理发时，队员某某某组织有理发技能的党员义工上门，为 498 名学生送去理发服务；学生们在家上网课，组织青年党员给全市 40 万名中小学生送上了电力知识空中微课堂。

在抗疫期间，队员们更是挺身而出，舍小家为大家，积极投身镇街社区、乡村路道，抢着认领卡口防控、摸排统计、体温测量、知识宣传等任务，成为“疫”线路上一道靓丽的风景。

队员陈翔 40 岁生日的当天，仍奋战在小区劝返岗位上，一碗方便面替代了寿面。陈翔说，这是自己人生中最有意义的一次生日；队员钱群明，妻子的奶奶去世，他磕个头就想回来守防疫卡口，队员们不同意，纷纷要求替他值守；泰州市劳动模范、队员孙磊每天晚上风雨无阻到离家五公里的卡点值守，喉咙哑了，打着手势，仍坚持执勤……一个个闪耀“疫”线的感人故事，汇聚了“金泰阳”最亮的光芒。

队员曹小宇、李胜华等参加小区防疫值守时，无意中了解到小区“五保”老人家中紧缺生活用品。“金泰阳”迅速启动“关爱弱势群体暖心行动”，全方位摸排困难人员的需求信息，自掏腰包购买口罩、蔬菜、肉类等物品，送到 29 位困难独居老人手中。老人们称这种“暖心礼包”，给了他们居家抗“疫”的力量。

其实，不仅是抗疫，但凡遇到任何紧急情况，危难时刻，“金

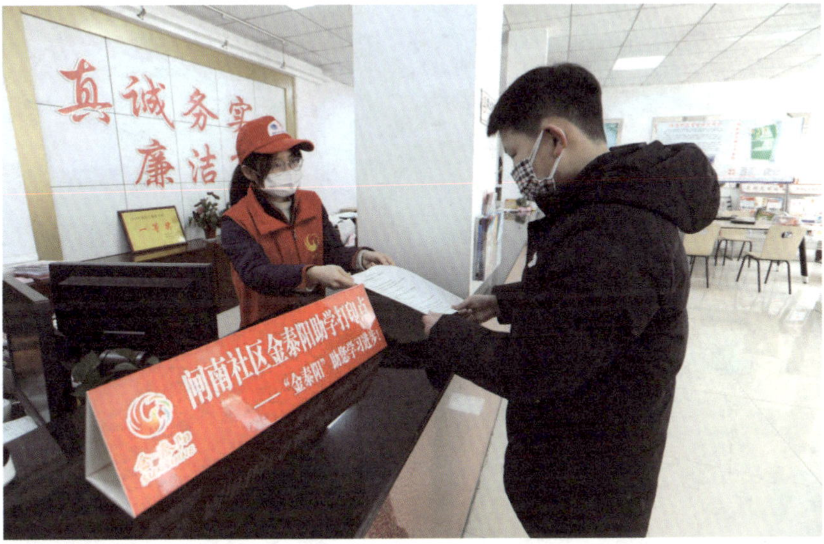

爱心打印

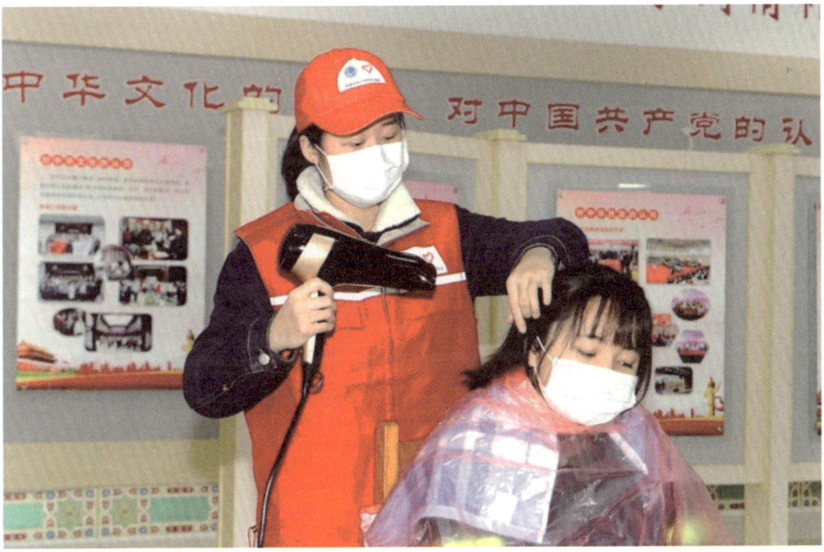

爱心理发

驰援郑州

泰阳”队员们的身影，一定会出现在救援第一线。

2021 年 4 月 30 日晚，兴化地区遭遇强对流天气，戴南、新垛、安丰等乡镇供电线路损坏，13290 户居民生活和企业生产受到极大影响。金泰阳兴化分队迅速反应，全力抢修，昼夜奋战近 20 个小时，抢修倒杆 95 基、断线 126 处，在最短的时间内让所有居民用电线路恢复正常。

2021 年，郑州遭遇天灾暴雨奇袭，7 月下旬，服务队员 36 人、6 台抢修车辆逆行冲锋，分 2 批次驰援郑州，日夜不停开展地下配电房受涝设备抢修，在郑东新区祭城社区多个居民小区、2000 多户百姓最需要的时刻送去光明，受到前来检查工作的领导干部们的好评点赞。

一道道光彩夺目的光芒

让我们再次将目光投射到“金泰阳”的标志上，标志为太阳形状，右侧七彩光芒的弧线寓意阳光播撒照亮万家。左侧是凤凰，代表着极具地域特色的凤城泰州。标志的整体通过递进的弧线，给人转动的感觉，形成永动之势，寓意“金泰阳”品牌长久运行。几道色彩纷呈的光芒，围绕中心，辐射四周，正寓意着“金泰阳”服务的“七彩光谱”。

每一道光，都代表着一种责任，一种服务。红色代表着使命，展现坚强电网、安全稳定；橙色代表着信赖，展现专业可靠、便捷友好；金色代表着品质，展现经济高效、互利共赢；绿色代表着关怀，展现持续发展、低碳清洁；青色代表着责任，展现奉献爱心、履责于行；蓝色代表着智慧，展现智能互动、创新价值；

电网建设　奋斗有我

紫色代表着和谐，展现融洽祥和、共守光明。

这七彩光谱，通过流动“大篷车”，服务人口密集的工业区、社区、集市、乡村等客户群体较多的地方，以服务品牌宣传推广、用电缴费、用电知识宣传、节能知识宣传为主要内容，通过人工窗口、车身广告、宣传资料等载体为支撑，丰富客户前端服务渠道；建立服务“大本营”，建设“金泰阳”实体窗口、VIP服务中心、前线顾问等服务载体，畅通客户服务渠道。

有一种奇迹叫凝聚力，十年里，“金泰阳”汇聚了越来越多的共产党员志愿者，相信在下一个十年，二十年，三十年，这支队伍将越来越壮大，并发挥出更大的能量。

一轮金泰阳，照亮泰州城，照亮这座城市里的万家灯火；照亮这座城市里的马达轰鸣，也照亮这座城市，向着未来不断前行的道路。

结对甘肃南梁
播撒爱心阳光

从江苏泰州到甘肃省庆阳市华池县南梁镇，距离1500公里，一缕来自泰州的“金泰阳”之光，从祖国的东南部出发，一直照射到千里之外的西北部，国网泰州供电公司“金泰阳”党员服务队用热忱的温度，真诚的态度，温暖着南梁镇的一方水土。

红色“泰”阳光
两地红色基因紧密相连

这缕“金泰阳”之光，是红色的。南梁镇地处陕甘两省交界地带，是西北高原上的红色地标。土地革命战争时期，以习仲勋、刘志丹等为代表的中国共产党人，领导人民创建了以南梁为中心的陕甘边革命根据地，建立了苏维埃政权，这是土地革命战争后期全国“硕果仅存”的一块革命根据地。它的存在为长征中的党中央和各路红军提供了“落脚点”，也是八路军北上抗日的“出发点”，在中国革命史上具有“两点一存”的重要地位。

而泰州同样是积淀着深厚红色基因的一块土地。著名的黄桥战役，新四军共歼国民党顽固派韩德勤部 1.1 万余人，其中俘虏敌人 3800 余名，奠定了苏北抗日根据地的坚实基础，打开了华中抗战的新局面。而从泰州走出的抗美援朝英雄杨根思，在战斗的最后时刻，怀抱炸药包，和 40 多个美军同归于尽，是新中国第一位特级战斗英雄。

鲜红的革命血液，在南北两块土地上流淌，随着“金泰阳”党员服务队队员们的到来，两地人民紧密相连，携手同行。

金色“泰”阳光
助力当地农业生产发展

这缕“金泰阳”之光，是金色的。金色代表着风吹麦浪的丰收，代表着稻穗低垂的喜悦。

2021 年，国网泰州供电公司“金泰阳”共产党员服务队等一行远赴甘肃省庆阳市华池县南梁镇，联合当地政府开展“传承南梁精神，携手共谋振兴”结对共建活动。一幅用现代电力助力乡村振兴的美好图卷，在甘肃南梁大地上徐徐展开了。

先是走过去，“金泰阳”共产党员服务队前往南梁，在南梁革命历史纪念馆内感受着老一辈革命家们的奋斗精神，在革命烈士纪念碑广场前追思烈士们的英魂。随后，“金泰阳”共产党员服务队与华池县南梁镇爱心服务队签订结对共建协议书，“第一书记”李廷胜代表兴化市大营镇联镇村党支部，联合兴化三新公司管理党支部与南梁镇荔园堡村党支部签订结对共建协议书。

在南梁，有着丰富的农作物优质资源，比如远近闻名的“梅家豆腐”，还有“一线八区”的发展思路，一切都在蓄势待发。“金泰阳”党员服务队的帮扶，更是如同阳光普照，万物生长，所有的业态，都在短时间内蓬勃发展。通过组织产业帮扶活动，常态化开展起“同心向阳，梦起南梁”——“金泰阳”青年志愿服务项目，目前已累计实现农副产品增销100余万元，爱心捐赠10余万元，村集体收入实现年度50%以上增长。2022年5月，该项目获得“江苏省优秀青年志愿服务项目”称号。

当然，还要请进来，2021年的秋天，在泰州兴化市举行的“2021年中国农民丰收节”开幕式上，迎来了一批远道而来的客人，他们是南梁镇食药监所副所长张治龙、南梁革命纪念馆科长王雅丽等一行人，他们在兴化市现代农业示范园重点参观了兴化供电公司服务智慧养殖和“国网绿、洋葱红”两个助力乡村振兴项目展区。高科技的运用，电力助力农业的做法，让来自南梁的客人们赞不绝口。

以党建共建为切入点，兴化三新供电服务公司、兴化市大营镇联镇村联合南梁镇荔园堡村党支部开展了三方结对共建活动，进一步推进兴化和南梁两地特色产业振兴发展。

三方党支部负责人在大营镇联镇村召开了“传承南梁精神，携手共谋振兴”产业座谈会。围绕兴化公司帮扶联镇村开展洋葱产业的扶贫工作进行深入交流，最终从文化振兴、产业振兴、人才振兴三个方面达成合作意向，把共建成果转化为发展的新动能。

同时，王雅丽也在泰州讲授“弘扬南梁精神，坚定理想信念”专题党课。她用一个个鲜活的历史实例解读了南梁精神的核心、灵魂、特质与精髓，赓续红色基因，不忘初心、牢记使命。

绿色“泰”阳光

资助学生共建图书角

这缕“金泰阳”之光，也是绿色的。绿色代表着希望，代表着未来。“金泰阳”党员服务队的队员们深知，对于一个地区的发展而言，孩子们的教育至关重要，在他们尚且稚嫩的肩头上，担负着一个地区未来的希望。

甘肃省华池县南梁镇列宁小学留守儿童张华美（化名）瘦瘦的，个子不高，说起话来嘴角有两个浅浅的酒窝。他的父母都在外地打工，他平时跟着爷爷一起生活，生活并不富裕，张华美很想念父母，也渴望了解外面的世界。“金泰阳”党员服务队的队员们来到孩子们的身边，和张华美在内的五位同学结成帮扶对子，在物质经济、精神生活方面给予资助。他们给孩子们带去更多的书籍，让他们在知识的海洋里遨游；他们也会和孩子们定期联系，讲述外面的世界有多么精彩；有机会时，他们开着车带着孩子一起去城里，越过尘土飞扬的黄土坡，走向更为广阔的世界。

当返程的汽车慢慢远离城市灯火，张华美总是百感交集，他将脑袋贴在窗玻璃上，长久地盯着远方。“感谢金泰阳的哥哥姐姐们，我一定好好学习，将来争取能考上江苏的大学。”他抿了抿嘴坚定地说。

张华美是列宁小学的一位学生。今年在南梁镇列宁学校的开学仪式上，还有一个特殊的仪式，便是举行“金泰阳”共产党员服务队和青年志愿者服务队“梦起南梁，共沐书香”受赠仪式。列宁学校作为一所拥有红色丰富文化底蕴和光荣传统的边区学校，学生多为父母在外打工的留守儿童。列宁学校的孩子们希望在班级里成立图书角，但仍然缺少图书，尤其是儿童绘本。得知这个消息，“金泰阳”服务队发起了“梦起南梁，共沐书香”活动。

通过微信群、海报等形式广泛宣传，在全公司设立多个捐书点，在各党、团支部的支持发动下，共筹得图书 600 余本，价值两万余元，寄往 1500 公里外的列宁学校。所捐赠图书将放置于图书馆“金泰阳”图书分享站内，待列宁学校新校区硬件设施逐步完善后，低年级每个教室内还将设置“金泰阳”爱心读书角。下一步，志愿者会定期通过线上线下相结合的方式，与孩子们开展“共读一本书”活动，在满足孩子汲取宝贵精神食粮需求的同时，为孩子们营造良好的书香阅读氛围，打开一扇看向世界的窗户。

“金泰阳”远赴南梁开展结对创先，助力革命老区建设

三 人物篇：星旗电戟

一个人的力量是微光，汇聚成河，便能璀璨整个夜空，

这里的团队，星旗电戟，阵容强大。

第一书记篇

在国网泰州供电公司，人人都是主人翁，人人都在各自的岗位上，发着光，散着热，在这个充满凝聚力的大家庭中，更有一些敢于担当，勇于承担的人物。

他们听从组织的号召，更服从初心的召唤，他们从熟悉的供电行业，暂时抽身出来，将皮鞋换成布鞋，踏踏实实将双脚走到广袤的乡村之中。他们的目光在蓝天和麦浪之中荡漾，他们的脚步在农田和乡舍之间徘徊，他们用热情点燃着乡村振兴的火炬，他们用智慧照亮着乡民致富的道路。他们的名字叫作——第一书记。

“洋葱书记”李廷胜

每天凌晨6点，位于兴化市大营镇联镇村的洋葱交易市场，就开始人声鼎沸起来。

在这所主打洋葱交易的市场内，每天都有数吨洋葱从这里出发，搭乘各种交通工具，发往全国各地。种植的洋葱卖出好价钱，每一位农民的脸上，都露出满意而欣慰的笑容。

偶尔，李廷胜也会来到这里，四处走一走，看一看，无论是否在买卖，农民们都会热情地向他打招呼，“李书记早！李书记好！”

面对脱贫任务　摘掉薄弱帽子

这样丰收丰产的场面，在李廷胜来到联镇村之前，是不可想象的。联镇村是泰州市 2019 年确定的经济薄弱村，债务包袱特别重，全村有建档立卡贫困户 92 户，脱贫攻坚任务艰巨。所以，李廷胜目之所及，都是贫困的家庭、辛劳的农户。

这样的农村，和李廷胜的想象相去甚远；这样的现状，让李廷胜寝食难安。既然来到这里，就是要给联镇村摘掉“经济薄弱村”的帽子，可是这顶帽子压了多少年，想要说摘就摘，真是谈何容易。

唯有深入民间，才能寻求出路。李廷胜发现，在传统农业方面，联镇村有着自己的优势，那就是传统产业红皮洋葱——全村种植面积 2000 亩，产量近万吨。而且这里的红皮洋葱味道浓，口味好，很受市场欢迎。但是，之前“大路货”的销售模式，让“丰产不丰收”的现象常有发生，老百姓辛苦了一年，也挣不到什么钱。至于村集体，更是收入微薄，甚至难以维持正常开销。

这是守着金山还不自知啊，真是把金疙瘩当成了土疙瘩。李廷胜的脑海中，忽然就出现了一条清晰而明朗的路线。那就是卖洋葱，但绝不是这样的卖法。

李廷胜深切明白，现在的消费者，非常看重商品的“颜值”。再好的商品，如果没有好的包装，那也是没辙。就拿红皮洋葱来说，如果只是简单地从地里生产出来，还拖泥带水的，品相这关，就把很多消费者挡在了门外。所以，在他的策划下，首先就是提

“第一书记”李廷胜在田间现场指导农民

高红皮洋葱的“颜值”，洋葱不仅个个洗净，还会根据大小，一个个整齐排列在礼盒里。礼盒也是精心设计，全村统一标准，不知道的，还以为礼盒里装的是红彤彤的大苹果呢。

此外，光靠单纯的市场售卖，也解决不了太多的问题。李廷胜主动出击，联合年轻人，在网上进行售卖“礼盒洋葱”。农作物当成礼盒售卖，对于很多年轻人来说，也是一件新鲜事。网上售卖，加上适当的营销，让红皮洋葱摇身一变，成为迅速走红的网红商品。村里的“南寺桥”牌红皮洋葱很快就走向全国，比常规销售额增收数十万元。

礼盒洋葱的胜利，也彻底点燃了李廷胜的创业信心。如今人们生活水平提高了，从“吃得饱”到“吃得好”，再到现在的“吃

洋葱冷库揭牌

得健康”，优质的农产品越来越受到市场的青睐。而联镇村最不缺的，就是绿色无污染的绿色农产品。

李廷胜又牵头销售“南寺桥洋葱大米”。他到村以来已销售 90 吨，为村集体创收近 60 万元；销售兴化特产龙香芋，获得利润 30 多万元；他还销售洋葱深加工产品洋葱酱、洋葱脆 3 万盒，创收 150 万元。

不过一年的时间，李廷胜就成功化解村级债务 90 多万元，增加村集体收入 80 多万元，帮助村民销售红皮洋葱等农产品 155 吨。2019 年，联镇村人均收入比 2018 年增加近 1000 元。“第一书记”进村当年就摘掉了经济薄弱村的帽子。2020 年，全村 92 户建档立卡贫困户更是全部脱贫。

在“洋葱书记”李廷胜的引领下，联镇村的红皮洋葱越来越“红”。中央电视台一套、十三套，新华社、《经济日报》《中国电力报》、学习强国平台、交汇点新闻等媒体，先后报道了他发展洋葱产业、带领村民脱贫致富的创新实践。走在联镇村的道路上，李廷胜觉得脚步都比以前有底气多了。

身体力行注入新智慧

李廷胜常年在农村开展供电服务，所以也很了解村民的所思所想所盼，到村工作后，他很快找到了经济发展切入点以及扶贫工作重点。

“火车快不快，全靠车头带。”他到任的第一件事就是解决村班子软弱涣散问题，沉下身子带领支部一班人统一思想，创新开展供电扶贫党组织与村党支部结对共建。通过组织开展系列结对活动，树立党员为民情怀，开拓党员骨干视野，更新发展理念，活跃脱贫攻坚思维，为村级经济发展注入新的智慧。李廷胜进高校寻求帮助，下地块了解情况，为村级经济发展和村民增收身体力行，凝聚起全村发展优质农产品产业脱贫致富的决心和乡村振兴的勇气。

“李书记来之前，我们的确上班没有精神。经济搞不上去，村民对我们也没有什么好脸色。李书记这一来，一套组合拳，迅速把村里经济推上去了。这样一来，我们上班也有劲头多了。”村干部骆红建（化名）说道，“大家开始齐心协力，整个村干部的班子，都比以前有朝气多了。”

李廷胜在洋葱上吃到了甜头，所以他更加坚定，要把推广洋葱种植列入脱贫攻坚项目。但是新鲜洋葱的存储，是一道很大的难题，他想兴建一座集储存、销售于一体的洋葱交易市场，延伸

“第一书记”李廷胜在田间现场指导农民

上下游产业链，实现反季节销售。

光有想法，还要行动。他运用自己多年在供电部门的关系，拉来投资 350 万元，最终建成 2 座可储存 2300 吨洋葱的保鲜库，带动周边村民增收 320 万元，增加村级经营收入 37 万元。

联镇村的“葱稻水旱轮作”模式，吸引了周边乡镇农户纷纷种植，这也带动了红皮洋葱的种植规模。经过李廷胜的鼓与呼，兴化市在大营镇以联镇村为中心规划出 1 万亩洋葱产业园，建有核心区、发展区交易市场、全程机械化作业试验区等，联镇村成为全市洋葱产业发展的“先行者”“领跑者”。

授人以鱼不如授人以渔

抓好党建是“第一书记”的第一责任。到任后的李廷胜，通过上争资金，建成一座总投资 80 多万元、面积 300 多平方米的党群服务工作站，彻底解决了联镇村党员活动无场所、干部办公无条件、群众诉求无去处的“三无”现象。配齐了便民中心、多功能会议室、办公室、党群活动室等功能室，搭建起理论宣讲、教育培训、科技科普等新时代文明实践平台。今年，结合“四史”学习教育活动，联镇村建立了党员教育基地，突出党建引领，强化党管人才，持续发力青年党员后备干部和青年骨干培养，以党建促成长、促发展。如今，在联镇村内，党建工作层出不穷，工作方式多种多样。

李廷胜明白，授人以鱼不如授人以渔，只有真正把技术和人才，深深扎根在这片土地上，才会让致富之光，永久不灭。他把技术扶贫作为方向，积极推动“科技 + 产业”协同发展。他加强与农业科技院校的联系，多次邀请南京农业大学专家到村进行科技调研、技术指导。他充分挖掘本地乡土人才，做好乡土人才的

中国好人发布

李廷胜获脱贫攻坚奖

政治引领和吸纳工作，引导乡土人才中的党员，胸怀大志、坚定信仰，善作为勇担当，不断提升乡土人才推动产业发展能力。他组织开展的电子商务、洋葱种植等专题培训班，先后培训近600人次，参训人员均掌握一两项就业技能。这些，都是李廷胜种植在联镇村的希望之光。

李廷胜的扶贫模式受到江苏省电力公司的肯定，并得到泰州市市长朱立凡的大会表扬，2020年10月他荣获“2020年江苏省脱贫攻坚奖”脱贫致富奖，2020年12月入选“江苏好人榜”，2021年2月被国家电网有限公司表彰为“服务脱贫攻坚突出贡献个人”。

○ “科技书记”陆杰

2021年，一部叫《长津湖》的电影彻底点燃了老百姓的爱国热情。电影再现了中国抗美援朝的伟大战役。在冰天雪地的恶劣环境之中，在敌我装备天壤之别的状况下，中国人民志愿军打出了惊天地泣鬼神的一场场大胜仗，创造了人类战争史上的一次次奇迹。

在电影中，有一个特别令人难忘的镜头——天空中只属于火和硝烟，炮声还在继续。身边战友已经全部牺牲，敌人即将包围山头，硝烟伴随着鲜血的气味，刺激着一位年轻战士的鼻腔。他再也忍不住了，腾地站起来，抱起炸药包冲向敌群，和敌人同归于尽。

这位英雄人物，名叫杨根思，他是新中国第一位特级战斗英雄。他就是泰州市泰兴人，他的故乡根思村，也是第一书记陆杰派驻的地方。

英雄故里载誉多

泰州市泰兴市根思乡根思村是国际主义战士、新中国第一位特级战斗英雄杨根思烈士的故乡，共有 7 个自然村，50 个村民小组，2188 户，7636 人，耕地面积 5328 亩，中共党员 207 人，年集体收入 79 万元。近年来，根思村先后荣获江苏省和谐社区建设示范村、江苏省创业型村、泰州市先进基层党组织、泰兴无访村等荣誉称号。

2021 年 4 月，泰兴市根思乡根思村入选中央组织部建设红色美丽村庄试点村，系全国 200 个先行试点村之一。

2021 年 11 月 29 日，泰州市在根思乡举行“弘扬三个不相信、勇毅奋进新征程”现场学习教育活动，纪念杨根思牺牲 71 周年。

……

一连串的荣誉，一场场的活动，都凝聚着陆杰和当地干部群众们的心血。有的活动仅有一日，但前期需要付出辛劳，每每回忆起那些奔波场景，陆杰总是感慨万千，他说：“组织上选派我前往根思乡，对我而言是一场考验，毕竟这是英雄故里，这里的百姓都很淳朴善良，在他们的血液里，都流淌着和杨根思一样的品质，比如坚定、勇敢、坚持等。”他停顿片刻，看向远处的麦田，目光坚定，“我有责任，也有信心，将赋予这座村落更多的希望和可能。”

“我为群众办实事”放心头

到达根思乡的第一步工作，陆杰就召开了村“两委”扩大会议，他急切地想知道，在根思乡，老百姓们“急难愁盼”的问题有哪些？解决问题的方式又有哪些？“我为群众办实事”的目标，始终在

他内心闪烁。

他需要从当地的村干部那里，也就是平时最能接触村民的他们口中，分析当下，谋划未来。一次次的畅所欲言，一次次的坦诚相见，也逐渐让陆杰的心里有了底。

开会了解情况，走访调查真相。陆杰明白，只有真正走到村民中去，问需于民，问计于民，这样的工作，才能做得踏实。于是，在清晨的第一缕阳光照射到根思乡的土地上时，陆杰就开始了走访。他走进村民的家中，了解情况，询问收成，还经常和村民们一起走向田间地头，席地而坐，亲切交谈。撸起袖子，卷起裤脚，他很快就和当地的村民们打成一片，村民们也和他无所不谈，尽诉需求。

回顾那些日子所经历的酸甜苦辣——顶风冒雨，披星戴月，有时受到群众的不理解，有时会出现一张毫无表情的面庞。然而值得欣慰的是，在走访过程中，陆杰真正了解了他们内心的苦，听到他们的实话，通过实实在在为群众办一些力所能及的事，使群众的观念发生了改变，村民们由不理解转变到理解，从漠不关心转变到热情主动，甚至有的盛情邀请陆杰至田家，听取他们的心声。陆杰取得了大多数群众的信任和支持，受到了广大群众的欢迎。

熟练运用电网“黑科技”

每年的夏收和秋冬之际，秸秆焚烧都是令人头疼的问题。农作物秸秆中含有氮、磷、钾、碳、氢元素及有机硫等，特别是刚收割的秸秆尚未干透，经不完全燃烧会产生大量氮氧化物、二氧化硫、碳氢化合物及烟尘，氮氧化物和碳氢化合物在阳光作用下还可能产生二次污染物。而且焚烧秸秆时，大气中二氧化硫、二氧化氮、可吸入颗粒物三项污染指数逼近峰值。当可吸入颗粒物浓度达到一定程度时，对人的眼睛、鼻子和咽喉等含有黏膜的部位刺激较大，轻则造成咳嗽、胸闷、流泪，严重时可能导致支气管炎发生。秸秆焚烧区域、时段均相对集中，大量烟雾对中老年和儿童及患有呼吸道疾病的人造成很大影响。此外，还会对交通产生影响，更有火灾隐患。

可以说，这是一道摆在村干部们面前的难题，多年以来都难以解决。以前对于秸秆的双禁巡查，主要依靠村干部和村民们的驻点值守，大家轮换着值班，这样虽然能够起到一定的作用，但是长久以来，人工用量大，人工成本高，不可能做到全范围、全时域的巡查。

陆杰紧盯着这个问题，开始了绞尽脑汁的思考。忽然，他想到了电网的“黑科技”，那就是无人机巡查。在泰州市供电系统，利用无人机进行巡查，已经是比较常见的手段了。无人机巡查，既能扩大检查的范围和时间，又能大大减少人工成本的支出。

想到这里，说干就干。陆杰从国网泰州供电公司智能运检中心调来了两架无人机，开始进行秸秆焚烧的巡查。一开始，村民们还对这“嗡嗡”作响的小飞机感到好奇，相互打听，知晓“厉害”后，也不禁为这样的高科技点起赞来。

无人机上天，让秸秆焚烧的现象得到了大大的抑制。通过构建起这样的“人防 + 技防”的模式，将村里的巡查开支，降低了30% 以上，效率也提高了 40% 以上。高科技运用在传统乡村难题的解决上，得到了最佳的注解。

开展“头脑风暴”集思广益

用无人机进行秸秆焚烧的双禁巡查，取得了显而易见的效果。那么，无人机在乡村治理中，还能发挥什么样的作用呢？

陆杰多次组织村干部和村民们，围坐一堂，集思广益。陆杰知道，自己虽然更了解高科技，但是对于高科技如何在实际工作中进行运用，当地的村民更有发言权。果然，你一言，他一语，大家纷纷表达看法，认为无人机的运用，可远远不止在秸秆焚烧上。最终，关于无人机，大家讨论形成了6个应用场景：夜间应用红外影像功能巡查秸秆焚烧，白天应用可见光拍摄功能巡查河道护坡种植、垃圾治理、厕所反弹、环境整治、疫情人员防控等需要人工到现场大面积巡查的工作。

这就是群众的智慧。当陆杰将高科技引入进来之后，群众们自然会将这种科技进行落地化的处理，将高科技的功能辐射到更多更广的区域之中。

对于一个乡村而言，不仅要有无人机，更要有能够熟练操纵无人机的人员，否则，无人机也只是冷冰冰的机器。陆杰牵头组建无人机党员服务队，形成了“乡村治理+科技兴村”的工作思路，在应用无人机全面参与乡村治理的基础上，逐步扩大根思村飞手规模，让更多年轻人参与其中。

不仅如此，陆杰还发现，利用无人机参与乡村治理，在当地还是首创。科技，也是创收的好手段。他主动出击，四处介绍，为紧邻的村落，提供同样的科技有偿服务，这样一来，既能照顾四方乡邻，也能为本村增加营业收入，提高村集体的造血功能。

如今，走在根思乡的大地上，时常可以看见无人机在天空中飞舞的身影。夕阳正洒满金辉，无人机好似那画笔，在天空的广阔幕布上描绘出科技赋予乡村治理最优美的弧线。

志愿讲解烈士陵园

陆杰明白，对于根思乡而言，最大的资源，就是“英雄故里”。在数十年前，杨根思那舍身一炸，不仅让自己名垂青史，也让根思乡的名字，在中国大地上熠熠生辉。

近年来，杨根思烈士陵园每年的接待量都在 10 万人次以上，天南地北的人，都想来到这里，回顾烈士英雄事迹，也想在这片孕育烈士的土地上走一走，看一看。

然而，杨根思烈士陵园面临着讲解员人数不够的困境，每位讲解员的工作都是超负荷的。于是，陆杰主动请缨，积极联系国网泰兴供电公司党委，组建起“1+N”的“国网泰兴供电公司服务杨根思陵园志愿讲解小组”。其中的“1”，就是国网江苏电力第一书记任组长，“N”则是泰兴供电公司年轻党员同志，在第一书记的亲自传授之下，那些年轻的党员，不仅自己接受了爱国主义教育，同时也能在陵园接待任务繁重时，担任讲解员，从而解决了烈士陵园的燃眉之急。如此的一举多得，也是陆杰为烈士陵园开拓的全新思路，烈士精神永放光芒。

让困难群众用上“舒心电”

如今，在根思乡内，提到“第一书记”陆杰，很多村民们都竖起大拇指。低保户陈默（化名）更是热泪盈眶，连声道谢。

陈默是当地的一位低保户，一直身患疾病，疾病拖垮了家庭，他这些年靠着低保过活。生活只能是得过且过，平时家里的电线电板随处拉，到处放，存在着极大的安全隐患。

陆杰来到这里后，不忘老本行，更是希望可以为困难群众们输送“电力”，传输“热量”，他知道，寒夜里的一盏灯，对于困难群众们而言，就能带来足以慰藉心灵的温度。他深入推进“特殊供养对象室内线路改造”，先是找到当地的民政部门，根据民政部门提供的特殊供养人群、低保户等人员名单，挨家挨户进行现场调研走访，并根据困难群众的用电现状和需求，以经济、实用、易维护为原则，量身定制改造方案，让困难群众用上“舒心电”。

这种一家一户的专门定制，让陈默等人感到意外之喜。不仅今后的用电方面得到极大的改善，更是解决了他家在用电上的安全隐患。看着施工人员在家中忙前忙后，陈默连声道谢，内心的感激之情溢于言表。

就这样，陆杰所到之处，让更多的困难群众，从根本上解决了用电方面的后顾之忧。作为一位电力系统的职工，保障百姓用电安全，是他最大的心愿。

“绿色光伏电”助力强村

从城市到乡村，陆杰的工作地点在变，为民服务的初心永不褪色。从无人机参与乡村治理，到为困难群众输送“舒心电”，陆杰的脚步永不停歇。他又琢磨着，如何让科技发展落实在惠民实处，并和国家政策相互呼应，做好楷模，辐射四边。

如今，陆杰就在打造全国首个“零碳”红色村党群服务中心。这是利用国网江苏电力，在根思乡党群服务中心楼顶组织部署光伏发电设施，这样一来，村部用电就能自发自消，实现“零碳”排放，剩余的电量还能在网上销售，这样一个项目，每年就能增加7万多村集体经济收入，真正做到利用科技，助力强村富民。同时，他还将紧抓泰兴整县光伏试点建设契机，会同根思乡打包开展城北工业园区和集镇居民屋顶光伏建设。

一幅光伏用电的蓝图，以根思乡为原点，正在徐徐展开。

一面第一书记的旗帜，以陆杰为原型，正在迎风飘扬。

○ “跑腿书记”张建平

“第一书记不仅需要年轻人，像我们这样，有着丰富工作经验的老同志，完全可以投身到乡村振兴的宏伟事业之中，我们可以发挥余热，我们还可以将更多的能量，注入现代乡村中去。”张建平说道。

早在 2017 年，张建平就已经退居二线。但是当他听闻泰州市正在进行第二批“第一书记”遴选时，他义无反顾报名参加。自己还有大把大把没有使完的劲，正想着还要为国家建设添一把柴，加一把火，机会就送上门来了。广阔农村，大有所为，这就是张建平前往陆桥村挂职担任第一书记的初衷。

张建平在农产品包装中心了解经营情况

跑腿集资项目建设 带领村民脱贫致富

张建平出发前豪情万丈，是满怀信心地踏上陆桥村的土地。当理想遇上现实，往往也会从希望变成失望。想象中的美丽田园、富足乡村，并非陆桥村的现状。目之所及，还是一个尚未脱贫的乡村。

从地理位置上看，陆桥村属于市规划控制区，存在无建设用地等种种因素，这就给陆桥村的发展，套上了沉重的枷锁。多年来，陆桥村的村干部和村民们，一心想要发展，一直想要富裕，可是受到各种条件的重重限制，发展举步维艰，村民温饱度日。整个陆桥村的集体收入尚未脱贫。

这个现实，对于张建平是迎头浇来的一盆凉水。到达陆桥村的第一个星期，张建平几乎是在寝食难安的状态下度过的。他经常走出村部，走到村民家中，所见所闻，都是稀松破旧，整个村庄，都有一种沉重的暮气。

既然没有建设用地，那么只能另辟蹊径，拓宽脱贫思路。张建平长期在企业工作，他明白能改变陆桥村现状的，就是一个好的项目。唯有快马加鞭，才能跟上时代。

张建平的老本行就是电力，所以他想到的就是近年来新兴的光伏发电项目，光伏发电对于场所要求比较低，屋顶就是发电场，非常符合陆桥村这种在用地上捉襟见肘的村落。然而，想到了好项目，另外一道难题接踵而至。那就是先期投入的资金从何而来？整个陆桥村，拿不出一分钱的建设资金。正所谓巧妇难为无米之炊，可又不能让好项目白白溜走，那段时间的张建平，真是遇到工作以来的最大难题。

2018 年 5 月，泰州市下发扶贫项目申报文本。因为身处陆桥

张建平在光伏发电站检查设备运行情况

村，张建平没有及时得到这个信息，等到他知道有这个项目时，泰州市扶贫办已经结束了初审，两天后就将组织集中评审。这时候的张建平，真是心急如焚，他可不想错过这样的大好机会。他立刻和有关部门取得联系，希望能够开绿灯，让他赶上“末班车”。张建平的诚意，也打动了相关部门，破例给了他补交材料的机会。面对这难得的良机，张建平挑灯夜战，废寝忘食，将自己对于光伏发电项目的理解，陆桥村目前的现状，加上这个项目对于陆桥村未来发展的重要性，一一阐述，终于在最后时刻，为陆桥村争

张建平走访贫困户张士德

取到了这宝贵的30万元扶贫资金。然而，张建平也没有因此满足，他到处跑腿，跑省里、跑市里，四处游说，和各级供电公司沟通，最终在他的不懈努力下，又争取到扶持资金32万元。

如今，光伏发电项目已经在陆桥村落地生根，每一片发光的电片，都凝聚着张建平跑腿的辛劳。这个项目，每年可为村集体带来经营收入8万余元。

除了光伏发电项目，张建平心思不断，腿脚不停。在他的促成之下，陆桥村与源健绿色食品公司签订合同，在闲置办公楼建设农副产品包装中心，每年可为该村集体新增收入5万余元；陆桥村集体还成功加入泰州邮源道地农业合作联社，推动地方绿色农产品进机关（单位）食堂，在2019年形成一村一品效益。

踏踏实实干出实事　共同建设美丽陆桥

很多陆桥村的村民们都还记得，在2017年，有一位50多岁的男子，主动敲门来访，并自我介绍：“我叫张建平，是刚来这里的第一书记。”

那是张建平上任后，一次次到全村 297 户农户家走访，他总结过，“要得到群众的信任和支持，就必须融入陆桥，了解民意，踏踏实实干几件事，让村民了解自己、认识自己。喊破嗓子，不如甩开膀子。”

那些年，陆桥村的公共设施，可谓破旧不堪。道路高低不平，要建要修；路灯多半“失明”，要添要换；河道淤积发臭，急需整治。生活在这样的环境中，很难对未来产生美好的愿景。

张建平和同志们研究党建工作

越是困难，越能激发起张建平的斗志。一道道难题摆在面前，他更加坚定起自己来到陆桥村的信心。“正是因为困难，组织上才派我来到这里。就是脱掉一层皮，我也要兑现带领全村百姓建设美丽陆桥的誓言！”

缺乏资金，张建平带头外出“化缘”。缺乏人手，张建平亲自上阵劳动。村里有一条“雨天一身泥、晴天一身灰”的小路，张建平争取来了修路资金，在修路时天天泡在工地上，和大家一起撒石子、铲水泥。村里人看在眼里，心里叹服：“这个张书记真实在，不是来图虚名的。”

通过张建平的努力，陆桥村的基础设施日益完善。目前，该村道路已全硬化，路灯已全覆盖。管道液化气入户，村庄河道清淤整治，自来水管道修缮，增设16路公交站台，陆桥组、马桥组中沟坝改涵，鞠垈组涵闸改造升级，陆桥小区补栽绿化500平方米，增设村庄绿化节点4处1000平方米等一系列民生工程也陆续完成，村民幸福指数显著提升。走在这样的美丽乡村的道路上，心情都会变得明丽起来。

帮钱帮物，不如帮助建好党支部
给钱给物，不如给个人民好干部

陆桥村的经济不断发展，正在向着致富的目标不断前进。陆桥村的环境越来越好，正在将美丽乡村的蓝图变为现实。但是，张建平并没有就此满足，贫困村如何打赢脱贫攻坚战？这个问题一直萦绕在他的脑海里，不打赢这场仗，就绝不收兵。

“帮钱帮物，不如帮助建好党支部；给钱给物，不如给个人民好干部。”张建平清醒地认识到，只有“主心骨”硬起来，村庄的明天才能更美好。他充分借鉴供电公司党建工作经验，强化

党员和干部这两支队伍，“党员干部就是一面旗帜，只要我们走在前、带好头，群众的干劲儿就会大。”

在党建品牌创建中，他创新打造“同心圆”党建特色品牌，意思也很明白：大家心往一处想，劲往一处使，众人合围，形成一个同心协力的“同心圆”。张建平成立了“同心圆”党员服务队、志愿者服务队，近一年来陆续开展了为民服务活动3次。他们征集村两委成员“同心圆”工作格言和廉洁格言，开设了党员空中课堂，发布学习材料48篇，举行了“乡村振兴　你我同行”联盟论坛等系列活动，有力地提升了党员队伍凝聚力。张建平深入贯彻落实民主集中制原则，设立民主理财小组、民主监督小组，设立村务公开栏，建立小组“百姓议事室”，推动实现重大事项的集体讨论民主决策。他带领广大党员，坚持民主生活会和“三会一课”制度，做到会议有记录、讲课有内容，到会能听懂、会后能做到。他不走过场，不搞样子，每到年底，坚持村两委干部向党员述职述廉制度，使村干部人人都有了干事创业的压力和责任。他立足实际，摸索出了适合本村发展的分工合作方式，通过设岗定责，真正把陆桥村党员的积极性调动了起来，以“四清两化”为契机，开展“五大专项整治”百日行动，顺利拆除违章建筑120平方米、户外厕所56座，清理坟头63座等。支部有了活力、“两委”有了合力，每个党员工作都充满干劲。

回首百年党史，砥砺画出“同心圆”。眼观今朝岁月，乡村振兴催人进。

近年，他还积极推动构建泰州供电扶贫联盟，联合公司系统7个帮扶村开展“工作思路共商、致富信息共享、发展项目共建、党建载体共创、为民服务共抓、弱势群体共帮”等活动，进一步整合资源，优化配置扶持资金，建设具有经济性、可靠性、长期性的涉农产业项目，从而形成具有电力特色的扶贫品牌，进一步彰显国企担当。张建平得到了上级和村民们的一致好评。

从开始的跑项目资金，到后来的跑乡村建设，张建平跑来的每一分钱，都用在了陆桥村的一花一草，一人一物。在陆桥村里，他所发挥的热量，可绝不是“余热”这么简单，他是完全将自己沉浸在陆桥村里，将村庄当故乡，把村民当亲人，唯有这样的热忱，唯有这样的付出，才能彰显出“第一书记”这四个字那沉甸甸的分量。

如今，村民们见到张建平，都会亲切地称呼他为“跑腿书记”，在他们的笑容中，每一丝都绽放着对于张建平辛苦付出的感恩。

张建平在接待来访群众

○ “鸭蛋书记”戴红兵

“小小鸭蛋两头光，什么人收来上炕坊。孵上一对黄鸭子，大鹰叼来云头上。呱！呱！咦啧啧来，咦啧来，呱！呱！呱来呱去不成双啦！咦啧啧来，咦啧啧来，呱！呱……”

这首民歌《数鸭蛋》流行在高邮地区，这可是一首曾经唱进过中南海的民歌。而不远的泰兴市野芹村里，在被称为“鸭蛋书记”戴红兵的带领下，也唱响了一首农业振兴的《数鸭蛋》之歌。

熟谙农民所思所盼　沉入乡村打成一片

2019 年 5 月，戴红兵被泰州市委组织部任命为驻野芹村村党总支第一书记。从接到任命的那一刻开始，戴红兵的内心，就燃烧起火一样的热情。

和其他第一书记有所区别，戴红兵之前的工作岗位，就是国网泰兴市供电公司河失供电所党支部书记，这也是一个直接面对农民朋友们的岗位，长期为农民服务，他太了解电力对于农村生活的改善有着多大的影响。当电力传输到乡村的每个角落，当广袤的天地之中，在夜晚亮起如同萤火般的灯光时，戴红兵的内心，总是涌动起一股热流，这是一种为自己能够从事电力事业、能够为乡村振兴输入强大的动力，发自内心的自豪和骄傲。

当他来到野芹村时，熟悉的田园气息扑面而来。野芹村位于古溪镇西南角，交通网络四通八达。这里物产丰富，素有“鱼米之乡”“生猪之乡”“银杏之乡”的美誉。

这是一片大有可为的热土，从踏上野芹村的那一刻开始，戴红兵就对自己下定了决心。在他看来，传统的农业固然是优势，但是在现代社会，如何让农业和工业相结合，让工业为农业赋能，

让农业能够原地起飞，这是戴红兵所要思考的问题。

他的目光，投向了江苏顺和农业发展有限公司，这是一家现代农业技术开发公司，业务涉及花木、水果、谷物等，当然还有当地的特产之一——圆滚滚的鸭蛋。鸭蛋滚一滚，财富自然来。

特快电力扶持企业　考卷写在农村大地

在野芹村，很多人都还记得，为了顺和公司，戴红兵提前交卷的事情。

那还是在 2020 年 4 月 24 日，泰州市正在举行“干部培训周”的结业考试。考场上的气氛紧张、严肃。可是，没等考试结束的铃声响起，戴红兵就站起身来，提前交了卷。在他的脸上，还带有一丝焦虑的神情。

在戴红兵步入考场之前，手机铃声突然响起，戴红兵有些疑

惑，接通后，方知是野芹村打来的。顺和公司要新增一个鸭蛋加工车间，急需用电。电话里对方急迫的语气让戴红兵感到着急，他也深知，那些在农村发展的企业，有很多不便利的约束，比如用电方面，就有很多限制。

而那时，戴红兵还没有到村里报到，也就是说，他还不是野芹村的“第一书记”。但是他自己却率先进入了角色，哪怕是在考试现场，也在惦记着这件事。戴红兵交卷后，匆匆赶往野芹村，发现顺和公司和当地原有的变压器布点有冲突，造成了新车间的用电困难。

对于农村用电，戴红兵早就有 20 多年的工作经验。他驱车进村，与供电勘查人员一起，按照村里“公司（合作社）+ 基地 + 示范户 + 农户”整村推进运作模式，和抱团式发展规模畜禽养殖等现代优势产业项目的要求，通过架设 80 米线路，将新增的一台

400 千伏安配电变压器布点后移 50 米，改原计划的南北架线为东西架线，让出新车间通道。此后，每完成一个环节他都立即联系下一个环节负责人，从报告批复到安排施工队伍，从发料、电器安装再到送电，整个工程不到一个月的时间就完成了，比常规提前了两个多月。

当顺和公司董事长王述建紧紧握住戴红兵的双手，不停道谢时，戴红兵只是云淡风轻地笑了笑，这是他来到野芹村交的第一份答卷。当年在考场上匆匆完成的试卷，如今铺陈在更为广阔的农村大地上，等待着他用热情去谱写。

随后，他更是将电力为村企赋能的优势发挥到极致，任何一个用到电力的角落，都“逃”不过戴红兵的双眼。在农村，秸秆和鸭粪的处理，一直都是老大难的问题。有了强大的电力支持，秸秆和鸭粪的处理也变得方便快捷起来，这些毫无用处、还在污染环境的废料，经过特殊的技术处理，变成了有机肥，直接运输到果蔬大棚里作为肥料。光是这项技术，每年就能消化秸秆 500 多吨，有效解决了农村秸秆乱抛乱堆的现象，也大大提升了秸秆的综合利用率，还能降低焚烧秸秆带来的危害，可谓是一举多得，深得人心。

农产品对接新媒体　网上展销卖出鸭蛋

源源不断的鸭蛋，从车间里被生产出来。这些鸭蛋如何变成财富？这就很考验营销的手段了。2021 年春节过后，整个野芹村还沉浸在喜庆的年味之中，“第一书记”戴红兵已经迫不及待来到顺和公司看生产情况。然而王述建却是一脸愁容不展，细问之下，原来蛋价下行，一批鸭子又要开始下蛋了。卖吧，价格卖不上去会亏本。不卖吧，仓库里鸭蛋堆积如山，看着更是让人心焦。

了解到这个情况，戴红兵二话不说，自己立刻掏钱，买了几盒鸭蛋。不仅如此，他还动员身边的亲朋好友，纷纷前来买鸭蛋。但是区区几十盒鸭蛋，根本解决不了企业的燃眉之急。

戴红兵是 40 岁出头的中青年，平时接触新鲜事物比较快，这时候他就想到，现在流行的直播带货、抖音带货，对于农产品的销量有着明显的提升。于是，戴红兵不但把农户的产品拍照发到朋友圈、微信群进行推广，而且还主动联系本市几家影响较大的微信公众号和网站进行线上“展销”。虽然暂时找不到那些网络大 V，但是先从本地开始打开市场，总是没错的。

这样一来，来自野芹村的鸭蛋，很快就成为当地的“网红”产品。特别是那些影响力大的本地公众号，对于鸭蛋的推介，起到了意想不到的效果。

当鸭蛋对接上网络销售，果然越“滚”越远，鸭蛋的销量也是与日俱增，王述建更是一展愁容，供不应求的销售局面，一下子让他喜上眉梢。由于鸭蛋是纯天然无污染的绿色环保食品，卖出的价格还比以前高出 20% 以上，真正帮助企业走出了困境。

让低保户体面工作　深切了解百姓之需

家住野芹村的吴宏亮，最近刚刚得到了一份工作，那就是在顺和公司里负责捡蛋。这不是一份体力繁重的工作，对于吴宏亮而言，完全是力所能及的。但是，在此之前，吴宏亮是拒绝这份工作的。

吴宏亮是当地的一名低保户，但是吴宏亮的自尊心很强，从来不向别人开过口。在他看来，穷者益坚，一辈子不求人。但是随着孙女开始读研，家里的经济状况，更是捉襟见肘。

也正是在这个时候，戴红兵上门来了。嘘寒问暖之后，戴红兵说明了来意，就是邀请吴宏亮到顺和公司去上班。开始吴宏亮还是拒绝的，总觉得这是一种施舍。戴红兵就晓之以情，动之以理，告诉吴宏亮，凭着自己的劳动挣钱，是天经地义的事情。

吴宏亮到顺和公司的第一天，经理徐海波就非常热情接待了他，并且还给他做了示范。“捡鸭蛋是很重要的环节，现在我们正缺人手，幸好你们都在帮忙了。你只要负责捡鸭蛋就可以了，搬运蛋的重活，就让别人来做，一个月也有 1800 元的收入呢。”

其实，这样的对话，是戴红兵之前就和徐海波设计好的。他们动员村里的低保户前来工作，不仅是给他们提供一份稳定的薪水，更重要的是让他们在工作中得到自信，要让他们走进公司车间时，感到自己是受到尊重的。

村民的生活点滴，其实都记录在戴红兵的《民情日记》中，他真正走访了解每一户村民的真实生活状况，对他们进行具体帮扶的同时，更帮助他们树立生活的信心。目前，在野芹村的 85 户低收入农户中，已经有 45 人在顺和公司上班，他们的生活水平，也在不断改善。同时，在公司上班的感觉，也让他们的腰杆感到比以前直多了。

没事的时候，戴红兵也会来到车间，和大家一起干活。一边和大家聊聊家常，一边打趣说道："我觉得啊，这鸭粪的味道，要比什么'香奶奶'的味道都要好闻呢。"

在野芹村的一举一动，都被百姓们看在眼里。戴红兵被泰兴市政府网站的"先锋泰兴""万企联万村"专栏评选为第一期先进典型。此外，他还荣获中共古溪镇党委"建设古溪、奋斗有我"党员演讲比赛二等奖。这些荣誉，也坚定了戴红兵当好"第一书记"的信心。

◦ 党员服务队、劳模

在国网泰州供电公司，涌现出一代又一代杰出人物。他们中有下沉乡村，多谋善断带领乡村振兴的“第一书记”团队；有立足在自己岗位上，发光发热的劳动者们。他们无不爱岗敬业，多专多能，绽放着属于自己的岁月芳华。

戴永东召集“戴永东专家工作室”成员，针对状态检修要点进行分析讲解

◦ 戴永东：让创新融入血脉

每天清晨，在国网泰州供电公司运检部智能运检中心内，都会准时出现一个熟悉的身影。在一排排如同星火闪耀的电柜面前，他扫过的每一股目光，都如同探照灯一般，将可能出现的纰漏，一一排查。他就是国网泰州供电公司运检部四级职员、智能运检中心负责人戴永东，年过半百的他，每天上班的第一件事，就是带领同事们进行远程设备巡检。

现代社会，创新为王，作为国网泰州供电公司运检领域技术创新带头人，戴永东一直在致力于依靠科技创新提升设备运检水平。他希望依靠管理创新强化专业管理水平，依靠人才培养创新夯实专业人员基础，让居民能用上安心电、满意电、幸福电，助力社会稳定和经济发展。

“点一盏灯火，守候万家光明，是我们供电系统党员义不容辞的责任与义务。”戴永东说。

尽职：全面变革工作模式

1989 年，戴永东从东南大学毕业，来到国网泰州供电公司，成为一名电力系统的员工，正式与电网结缘。1995 年，戴永东凭借着扎实的工作，勤奋的态度，赢得一致好评，并光荣入党。

泰州地区，有着五千多公里的高压输电线路，交织成网，纵横成片。一有什么风吹草动，戴永东和同事必须在第一时间赶赴现场。长此以往，难免有些疲于奔命。为此，戴永东决心要用现代科学技术，把同事们从繁重、危险、高强度的劳动环境中解放出来，让他们从蓝领变成白领，创造巡检工作的最高效率和最优质量！

戴永东带着徒弟，来到 500 千伏江港、都港线，开展线路特巡

这些年来，戴永东一直坚守在输电线路专业上，从设计到施工，再到运检，几乎干遍了输电专业的每一个岗位。在他的带领下，泰州率先在全省开展了输电线路无人机立体化巡检试点工作，不仅提高了巡检效率，巡检质量也得到了充分保障。创新是事业发展的原动力，这不仅是戴永东工作三十年悟出的真谛，也是他努力掌握的一门绝技。自从担任泰州公司运检部输电专职和智能运检中心负责人，他就一直行走在创新之路上：依靠科技创新丰富设备运检水平，依靠管理创新提高专业管理水平，依靠人才培养为创新夯实专业人员基础。

“我们泰州输电运维主业人员 40 人，管辖着 5900 多公里线路，社会稳定和经济发展对供电服务提出了更高的要求，得想着法子改变现在的工作模式，促进线路运维质量提升。”为了进一步强化电网的运维检修工作质量，克服专业结构性缺员的难题，戴永东努力发挥优秀党员的引领作用，积极探索，开拓创新，提出“新输电”管理理念，带头推进以“无人机精细巡检”和“可视化视频监控”两大技术为核心的新输电运检模式，扛起了严峻的管理运维责任与压力，以全省地市公司最少的运维人员，挑起了人均运维设备体量全省第一的重任。

实践：科技代人、制度管事

泰州地处里下河地区，每年都吸引大批迁徙性鸟类来此越冬，造成了输电线路涉鸟故障逐年攀升的情况，输电线路下方常有吊车、泵车、钓鱼等危险源，以前经常发生碰线，导致停电和人身伤亡。

为此，戴永东和他的团队将各种鸟类的生活习惯、对线路的危害程度等分门别类进行详细的统计归纳，针对性地研制出了多

在自己的专家工作室，戴永东与工作室成员对防鸟项目的效果进行研讨

戴永东与设计公司和输电室的技术人员一道，商讨 110 千伏双招线等多条线路的迁改方案

种防鸟措施，使得泰州地区的鸟害跳闸率从30%下降到了5%。他结合防外破在线视频监控体系与通道隐患交叉监督工作制，进一步提升了输电线路通道安全管控水平。

从搭建远程感知管控软件平台，到推进分析算法迭代再到编写国网、省公司专业管理规范，戴永东用先进、成熟的制度推进输电专业管理规范化、精益化，终于真正做到了“科技代人、制度管事”双规并行，从技术支撑和制度管理两个维度全面实现了专业工作的模式变革。

突破：无人机巡检“电力天路”

“创新永无止境，每天都是起点。”戴永东常用这句话自勉。他将无人机、可视角等智能运检关键技术进行了多专业多维度的开拓性应用研究与尝试，极大地提升了电网运维工作质效与泰州电网供电可靠性。

2019年，他带领团队赴西藏进行高海拔地区无人机自动巡检技术应用实证研究，首次采用无人机自主巡检“电力天路”。要知道，在西藏地区，人力巡检是一项非常高难度的工作。人在高原地区，容易产生生理不适，高强度的工作，更会让巡检的难度提高。而无人机的出现，一下子让难题迎刃而解。

戴永东和他的团队，出色的工作有效缓解了藏区线路运检的安全和效率难题，被央视集中报道，赢得了拉萨公司的高度赞扬，还成功斩获了全国电力金巡奖，戴永东也获得了“雪域巡飞第一人”的光荣头衔。

繁杂的工作之余，他还积极参与国内、行业内各种技术交流活动。2015年，戴永东成为中国电力联合会输配电协作网全国无人机工作组成员，还参与了中国无人机电力行业应用研究报告的编审。2020年，他成功当选全国专业标准化技术委员会电力架空输电标委会委员、IEEE PES智能电网与新技术委员会（中国）理事、中国电工技术学会标准化工作专家委员会委员，工作期间，他还两次赴西藏开展技术帮扶工作。科技创新，硕果累累。

荣誉：从个人到团队的成长

工作32年，入党26年，戴永东一直秉承“忠诚于党、热忱爱岗”的模范精神，恪尽职守，兢兢业业，坚守在电网最艰苦的输电专业一线，从线路设计、施工再到运检，输电专业每一环工作都写下了他的奋斗印迹；从南到北、自东至西，泰州5900多公里输电线路都留下了他的坚实足迹。

戴永东深入110千伏巷周线电缆接头井，检查电缆通道防火、防水质量

这些年来，戴永东获得了一系列奖励：高级工程师，国家电网公司优秀专家人才，全国输电智能运检领域专家，并获得“中国电力创新奖一等奖”等十余项国家级奖项，他拥有发明专利 15 项、实用新型专利 48 项、软著 8 项，发表论文 20 余篇。他先后获得江苏省和国家电网公司劳动模范、江苏省五一劳动奖章、“泰州新时代百名工匠”等荣誉称号。全国总工会《工会信息》2021 年第 23 期以封面人物戴永东劳模进行了专题介绍，题目是《只有不停登攀，才能看到最美风景》。

在他的坚持不懈付出和引领下，智能运检中心仅仅成立两年便累计获得国家授权发明专利 11 项、实用新型专利 50 余项，发表软著 8 项，论文 20 多篇，行标 4 项，企标 4 项，团标 2 项，国网公司专业规划 1 项、省公司管理办法 2 项，均为国内领先。有 5 项成果实现转化，为企业、社会创造了高达 3300 余万元的经济效益。同时，他还创造了连续 12 年 500 千伏输电线路零外破、连续 8 年 220 千伏输电线路零外破这样堪称奇迹的成就，为电网安全稳定、用户用电无忧、社会经济建设作出了贡献。

他求真务实的工作作风引领和带动着团队的每一个人，在大家的共同努力下，国网泰州供电公司智能运检中心荣获 2021 年度“全国工人先锋号”荣誉称号，泰州公司输电运检专业紧跟国网公司智能化、精益化的脚步，大步迈在了全省乃至全国同行的前列。

传承：青年才是事业的未来

2014 年，国网泰州供电公司组建了“戴永东专家工作室”，在此基础上，2018 年又成立了“戴永东劳模创新工作室”。戴永东先后带领团队完成若干项科技创新项目，获得 3 次全国优秀质量管理小组称号。2019 年中国电科院与江苏省电力公司联合共建的“无人机智能运检技术实验室”在中心正式挂牌，他带领攻关团队承担着国网公司无人机巡检、智能巡检方向的科技项目 2 项、省电网公司科技项目 6 项，并作为行内专家，受邀参加省电网公司十四五科技发展规划编写。2020 年，戴永东主创的项目《输电线路接地电阻实时监测装置的研制》荣获中国电力联合会职工技术创新一等奖；2021 年，他主创的《架空输电线路无人机验电装置的研制》项目获得电力职工技术创新奖一等奖；2021 年，他主创的《电力行业 5G 网联无人机》项目获第四届“绽放杯”5G 应用征集大赛通用产品专题赛优秀奖。他始终致力于创新专业技术和管理手段，不断通过技术创新切实解决生产难题，提高设备运维水平，通过管理创新提升专业管理水平，国网泰州供电公司创造了连续 14 年未发生 500 千伏线路通道故障、连续 9 年未发生 220 线路外破故障的纪录，连续多年全年线路跳闸数在全省最低等成绩。

青年是事业的未来，在工作中，戴永东十分注重青年员工的培养。针对泰州电网公司输电线路专业结构性缺员的问题，自 2014 年以来，戴永东就以加速复合型、承压型人才培养为目标，广收门徒，因材施教。几位高徒在他的带领下苦心钻研，先后有三人成为省电网公司专业技术能手，有三人获得泰州市五一劳动奖章。

奉献：自古“忠孝难两全”

肩挑智能运检技术攻关突破、运检体系创新变革的重担，他充分发扬共产党员的奉献精神，吃苦在前，示范在先，加班工作成了常态。

2005 年 5 月，戴永东的爱人查出了严重的尿毒症，每天必须透析，如果不换肾，随时会有生命危险，年幼的儿子需要人照顾，母亲中风长期卧床……一个家庭的重担，全都落在戴永东的肩头。“忠孝难两全”的难题，让戴永东难以抉择。这位在行业内披荆斩棘的男子汉，也曾心急如焚。

他只能拜托大哥照顾母亲，平日里忙于工作，晚上则守候在爱人病床前，还不忘画图纸、搞设计。

在戴永东身上，体现着一位共产党员的担当和责任。面对工作，他勇于创新，创下一系列的成果，造福社会，有益人民。面对家庭，虽心有愧疚，他却只能将这样的愧疚深埋在心底，迎着明天，迎着阳光，迎接更为光明的未来。

○ 张强：供电系统的“特种兵”

在漫天飞舞的大雪中，他曾从齐膝的雪地中蹒跚前行。在毒气高温的现场，他曾奋不顾身冲向第一线抢险……

在泰州市供电系统内，有一位远近闻名的“特种兵”，他的名字叫张强。

1990 年，他从武警部队退役后，苦练抢修技术，成为泰兴市供电公司第一个获得高级技师职称的工人。他更是花多年时间用双脚丈量出一幅泰兴城区所有公用配变线路巡视作业“作战图”。工作上他始终弘扬“工匠精神”，生活中更是不忘帮助他人。疫情期间，他积极投身到疫情防控的电力保障和供电服务中，全天候受理居民用电报修业务。

“强弓”，是张强的微信名，也是他时时自勉的“准星”：强弓搭劲弩，事事勇争先。

勤学苦练绽放“军人风采”

当兵，是很多男孩子的梦想。扛起钢枪，保家卫国，用热情和热血，在部队中谱写一曲不朽的青春之歌。

1987 年高中毕业后，张强就进入上海武警总队五支队一中队服役。当兵三年，各项考核全部优秀，他还成了散打团体项目的主力队员，荣获全国武警散打比赛第二名。一次次的艰苦训练，一次次的摸爬滚打，都让张强成为体魄健壮、意志坚强的一名好兵。

“有第一要争，有红旗要扛。部队不仅培育了我的团队意识和争先精神，也实实在在练就了自己强健的体魄。”张强坦言，否则，自己真的难以适应高强度的抢修工作。或许，在他正式来到供电系统上班之前，他也不会想到，电力抢修工作会是如此繁重，一点都不比自己当兵时轻松。

1990年，从部队退役后，张强来到泰兴供电抢修班工作。面对完全陌生的行业，他打破“隔行如隔山”的魔咒，从零起步，放弃节假日休息，苦练抢修技术，有时通宵达旦学理论、练技艺。随着时间的推移，以及在部队中锻炼出来的百折不挠的意志，他很快就掌握了供电抢修的基本知识。

那一次，泰兴遭遇龙卷风袭击，100多根电杆被拦腰折断，情况十分危急。紧急抢修时，天气条件十分恶劣，尽管吹着大风，下着大雨，气压还是很低。张强冒着闷热和风雨，一个人扛一根电杆，走在队伍最前面。这样的“大力士”行为，也让很多工友对他刮目相看。

不要以为张强就只有一身力气，他在知识技能方面的学习能

力更是强于他人。日以继夜的理论学习，辛劳勤奋的实际操作，让他在两方面都能迅速适应，进步飞快。

2003 年，他代表国网泰州供电公司参加省公司组织的装表接电技能竞赛，获得了“优秀选手”称号。同时，他还考上了南京工程学院，学习装表接电专业大专课程。2005 年，他通过国家电网公司高级技师考核，成为泰兴市供电公司第一个获得高级技师职称的工人。

这样的成就，放在一般人身上，足够沾沾自喜了。但是张强，却只是轻描淡写、一笑而过。“干一行，爱一行，既然从事这个行业，就要琢磨清楚，干到最好的程度。”

门外汉刻苦练就“金刚钻”

1997 年 5 月，泰兴市供电公司成立抢修班，张强成了第一任抢修班班长。抢修班担负着泰兴城区 4000 多家企事业单位、10 万多居民用户、1.6 万多小动力用户的供电线路维护和全市重大活动的保供电任务，任务不可谓不艰巨。全天 24 小时，张强的手机从不敢关机。特别是在夏季等用电高峰期，张强恨不得能住在抢修班里，这样一来，一有状况发生，就能立刻出发。

多年来，张强带领抢修班走遍泰兴城区 420 个台区、210 千米配电线路和 718 台低压配电柜，他成为熟悉大街小巷的“活地图”。他们准确绘制了所有公用配变线路巡视作业“作战图”，这是张强与抢修班的同志们每人磨破两双胶鞋，一步一步丈量出来的。有了这张图，在道路拥挤的情况下，他们也能迅速找到最快捷的路径，到达抢修现场的平均时间缩短到 15 分钟，远远低于国网公司规定的 45 分钟标准。这样的雷厉风行，这样的迅捷如电，凝聚着张强和班组同志们的心血。居民们偶尔遇到用电故障，不

出一会儿，都会得到解决。他们或许并不知道，在光明“失而复得”的背后，每一次都是张强他们的奋力劳作。

张强还独出心裁地建了一个“废品仓库”，收集各类废旧开关，供大家“考试”，分析毁坏原因、研究预防和抢修方案。大家的业务水平，就在这样日常的交流、频繁的学习之中日益增长，整个班组的向心力、凝聚力越来越强。

作为班长，张强多次身先士卒，挺身而出。比如在2008年的特大雪灾救援中，车辆无法通行，张强踏着厚厚的积雪走到十多里外的救灾物资生产企业抢修故障。大雪没膝，走着都很困难。张强还要拿着沉重的维修设备，在十多里的雪道上，印下一道深深的脚印；片区企业地下室配电房起火，已经产生了毒气，还有令人望而却步的高温，为了阻止事态的蔓延，张强二话不说，第一个跳下去抢修。

据统计，抢修班组建以来，已抢修大小故障3万多次，故障准确判断率达 95% 以上，故障排除率达 100%，5 万多用电客户的满意率达 100%。

尽管一次次地以身试险，对于张强而言，这“双百”的成果，就是他交出的最优秀的成绩单。

创新管理弘扬“工匠精神”

夜间野外抢修，是电力行业公认的难题，张强总是冲在最前面。夜间野外抢修费人、费时，操作不准、危险性大，如何解决这一难题？张强仔细琢磨，终于想出了既经济实用又操作方便的办法：令克棒装上 LED 光源，“一停一送一个准”。这样一来，就大大提升了夜间野外抢修的成功率。而像这样的小发明，在张强的工作之中，出现过好几次。他最擅长用简单的工具，达到最大的效果。因为他一直在基层奋斗，所以才有这样丰富的经验。

2008 年，泰兴市供电公司决定搭建“张强劳模创新工作室”平台，成立劳模党支部，并融入现代 5S 管理，打造具有“匠心”特色的劳模工作室品牌。工作室成立短短三年时间，先后完成了 9 项省公司科技创新项目，开展了 20 个 QC 小组活动，其中 4 个分别获得市、县公司一、二等奖。合成纤维牵引绳架、LED 光源系列抢修工具、环网柜、分支箱专用验电器等一个又一个创新成果也相继出炉。这些创新成果，被迅速利用在实际工作之中。

为减少停电给用户带来的影响，张强带领团队探索利用配电自动化系统自动识别和隔离故障，2018 年，他们在泰州市县公司中第一个开始实施带电作业，累计减少停电 13500 时户数。

请缨抗疫甘当“逆行者”

疫情发生后，张强主动与分包社区联系，组织“最美退役军人”服务队承担片区居民信息收集排查工作。“疫情当前，作为一名老兵，我必须上！”来源于军营的血液，始终在他的血管中沸腾流淌。

“有没有从武汉回来的？有没有人去过武汉？”张强与同事一起，一楼一楼跑，一户一户问。每到一户，他们都要发放疫情防控手册，讲解防疫工作规范要求，测量体温。

“我们社区居民多，本来人手严重不足，张强他们真是雪中送炭！”龙凤家园社区工作人员称赞道。

为确保医疗器材企业、定点医院及重要单位的供电安全可靠，张强与企业建立应急联络机制，定期开展设备线路特巡和用电保

防疫前沿显担当

障服务，对内部设备运维情况提出优化建议。他主动与疫情分包社区联系，积极投身疫情防控的电力保障和供电服务中，全天候受理居民用电报修业务。带头组织爱心捐款，将筹集到的21750元第一时间汇至江苏省妇女儿童福利基金会，用于购买防护物资。

自疫情应急响应以来，张强一直处于紧张的工作状态中。他多次随同党员服务队，深入泰常大桥施工现场、江苏治宇医疗器材有限公司以及田间地头，对企业用电线路、农田排灌、蔬菜基地大棚等用户开展用电安全巡查，本着“特事特办、急事急办”的原则，帮助及时解决复工复产、春耕春灌中的各种用电隐患，做到查必查清，有缺必消。

疫情缓解后，很多企业都开始复工复产，这时对电力的要求就很高。张强更是想他人所想，急他人所急，让所有的企业，都用上充足的电力。

缓解滞销变身“推销员”

“感谢你们来帮助我们销售萝卜，解决了我们的燃眉之急。”2020年3月4日，在泰兴市相辉蔬菜合作社，合作社负责人对前来帮忙销售萝卜的张强道谢。

泰兴市相辉蔬菜合作社位于元竹镇兴杨村，主要种植白萝卜，种植面积360亩，每亩产量达15000斤。正值白萝卜收获时期，然而受疫情影响，以往每天能售出15吨的白萝卜，现在只能售出5吨。

得知情况后，张强迅速组织公司12名党员组成共产党员青年突击队，并联合全国人大代表何健忠，对因疫情滞销的农产品进行摸底，利用“邮乐食堂”APP，帮助进行线上、线下销售。据了解，张强已经帮助农户销出白萝卜2吨，运往上海、浙江等地。

这本来是张强的“分外事”，但是张强就是眼中有活的人。任何他能够帮得上忙的，都会施以援手。这样的古道热肠，在当今社会，显得格外珍贵。

手足情深，侠骨柔情

姚建元曾是张强抢修班的一员，由于家庭负担重，他在病重住院期间，缺人照料。得知消息后，张强和班里的同志们主动揽下护理工作，利用下班时间轮流到医院看护，帮他接送孩子。临终前，姚建元含着热泪对张强说：“我的最后一个心愿，就是想再看一下全班人员。”当全班 7 名成员一个不缺地站在他面前时，姚建元含着泪微笑地闭上了眼睛，这一幕让在场的病友和医护人员无不为之动容。这样的深情厚谊，这样的情义无价，令人感慨万千。

姚建元去世多年后的今天，张强仍一直肩挑照顾姚建元妻儿

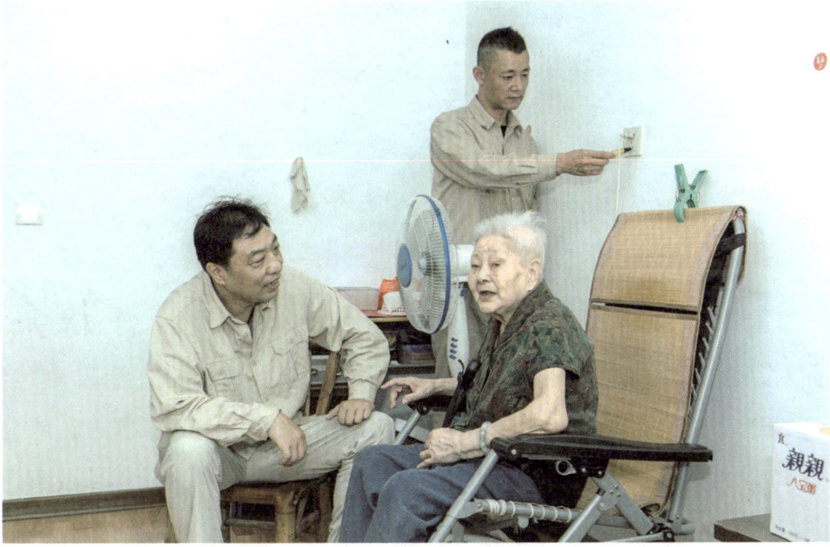

老小的重担，家里缺钱缺物，他随时送来；老人身体不适，他连夜送到医院……工友就是亲人，张强用无私的大爱，温暖着所有人的心肠。

家在农村的战友，孩子在城里上学，租不起房子，张强瞒着父母，把刚装修一新的老宅无偿给他们住；战友家庭困难，张强多方奔走，帮助他找项目、跑贷款，现在战友的规模养殖场运行良好，还在城里买了房。

然而，对待自己家人，张强的照顾却没有那么周到。每年的大年三十，张强都要主动提出值班，没有一次能在家陪伴家人；儿子高考，执行保电任务的他没有时间接送……24 小时待命，不顾刮风下雨，无论酷暑严寒，哪里有电力故障，哪里就有他。常年奋战在抢修一线，张强怀里揣着时间表，永远走在时间前面。

“电力抢修员就是脱下军装的兵。”张强说，“配电工人就是守卫供电线路的‘特种兵’，身份变了，军人的‘内核’没变；军装脱了，军人的作风仍在——宝刀未老，强弓满弦！”

○ 栾忠飞：奋斗正青春

对于“90后”，您有什么印象？他们年轻力壮，朝气蓬勃，面对新鲜事物的接受速度很快。当下的“90后”，正是逐渐成为“当打之年”的一代人，正是勇立在时代潮流的一代人。当然，或许也会有人觉得，“90后”经历的社会锻炼还不够多，有时做事还不够踏实。但是，在国网泰州供电公司内，一位“90后”的工作，却让人对他刮目相看。

他叫栾忠飞，是一名普通的国网员工，心系客户为民服务，

用真诚和微笑带给客户满意的服务；他是一名平凡的电力青年，锐意进取成长成才，用自信和拼搏展示了“90后”的阳光与执着。栾忠飞，坚持在供电服务一线挥洒青春、岗位建功。

勤学苦练精管理　“干一行精一行”

栾忠飞年纪不大，参加工作的时间也不长，但是他从工作的第一天开始，就希望能够在更多的岗位上得到锻炼。在他的主动要求和组织安排下，他已经经历了用电检查、优质服务、采集运维、线损管理、信息稽查等多个专业考验。而且，每个行业都不是浮光掠影，而是踏踏实实，做到“干一行精一行”。这样丰富的经历，使他迅速成长为中央企业技术能手，有力推动了他工作创新能力的提升。

2014年，国网公司举办第二届供电服务技能竞赛。一参加省

里的集训队，栾忠飞就感到自身业务技能和工作经验的不足，如果凭借现有的水平，恐怕难有佳绩。

那段时间，栾忠飞甚至有些焦虑，吃不香，睡不实，但是光着急也没有办法，唯有加紧练习才行。他一个人常常奋战至深夜。在高强度的实操训练中，各种器具硌得他胳膊淤紫，手掌也磨出了水泡，他仍不肯休息，坚持刻苦练习。

最终，工作仅两年的他通过层层选拔，从 27 个省级公司 108 名选手中脱颖而出，在比赛中取得了个人第 3 名的佳绩。初出茅庐，一鸣惊人。

有了专业知识的积累，他的每一步都走得踏实。

在优质服务管理方面，他设计完善了全省营业厅的宣传展示设施，推动了营业厅规范化的进程；在线损管理方面，他以线损责任制落实为基础，建立了台区线损管理体系，推动泰州台区线损管理提升至全省前列；在用检管理方面，他创新设计关键评价指标，优化反窃查违管理，挽回经济损失超过 2000 万元。这些创新的想法，一旦在脑海里成型，他就立刻付诸行动，为企业创造了实实在在的效益。

除了提升企业经营效益外，栾忠飞还非常重视队伍建设，推动将原梁徐培训中心升级改造成泰州公司营销农电实训基地，通过省公司三星级培训基地，为全市营销农电人才培养提供了更好的平台。很多像他一样的年轻人，都能够来到这里，集中学习更多更好的知识，在这里积蓄的力量，将来会在更大的平台上施展。

栾忠飞还聚焦人力资源均衡配置，针对台区分配难题，推动台区管理权竞拍的探索与实践，并组织在沈高供电所开展了“三量三价”台区管理权竞拍，在全省范围内形成了示范推广效应。

2019年底，沈高供电所成功获得了国网公司五星级供电所称号。2020年11月，国网公司主要领导现场调研沈高供电所，对供电所管理工作表示了充分肯定。

心系客户解难题　“多做一点，再多做一点”

时光荏苒，从开始进入公司的毛头小伙，到逐渐成长为稳重青年，栾忠飞从事营销工作9年，无论是在服务客户的一线，还是在管理岗位上，他都保持着客户至上的心态，发挥营销专业贴近百姓的优势，竭诚为百姓用上电、用好电“多做一点，再多做一点”。他对待所有的客户都是一视同仁，能出十分力，绝不出九分力。

在电力系统的栾忠飞看来，老百姓的用电安全，是首要大事。蒋垛镇五岳幸福园小区由于开发商资金困难，迟迟未能竣工，但小区中已有居民入住，使用临时用电，这样一来，就存在较大安全隐患，老百姓的生活过得提心吊胆。为了让百姓用上放心电，他积极协调，争取到政府436万元资金政策支持，顺利完成了供配电设施投运，解决了该小区的难题。此外，他们推动张甸镇两个临时用电代供小区完成整改，使姜堰区实现了临代供清零。

在2020年抗击疫情期间，栾忠飞主动坚守一线，组织为康健医疗、苏中药业等8家防疫物资生产企业落实“一对一”专属保障队伍，提供24小时即时响应服务。此外，他积极发挥电力大数据的优势，常态化组织开展全区3000余家企业复工数据统计分析，为政府指导企业有序复工提供数据支撑，并为复工企业提供综合用能服务，切实降低企业用电成本。

为了切实服务企业用电，他倾力打造“森来电”营商环境品牌，在姜堰经济开发区建设了开门接电示范区，将电网电源点延伸建设到了客户红线，实现了园区企业“零距离”“零投资”的办电接入，大大减少办电的时间和成本。此外，他注重管理创新，牵头研发业扩配套投资评价应用，发布全省首个业扩配套投资指数，获得省公司的肯定推广。姜堰区电力营商环境持续提升，获得电力指标在全省营商环境评价中处于前列。

不难看出，在工作中，栾忠飞充分利用自己年轻敢想的优点、对大数据的熟练使用以及新品牌的快速树立，这些都是根植于他对于供电系统的热爱。他知道自己是公司的一分子，个人的力量虽然微弱，但是大家都能发出一份光热，就能汇聚成璀璨星河，就能凝聚成壮丽山河。

能源服务助发展　“走向农村接地气”

在栾忠飞工作的区域中，他就特别注意到，姜堰地区粮食烘干需求量大，原来多采用燃煤烘干设备，污染严重，还有火灾隐患，一到时节，到处浓烟弥漫。当地的农民们，也知道使用电烘干设备的好处，但是使用电烘干设备初期投资高，让农民们望而却步。为此，栾忠飞主动争取政策支持，推动区政府出台专项补贴400余万元，补贴超过设备购置费用的80%，极大地调动了农户的积极性，仅2020年全年就更换了88套电烘干设备。这样一来，农民们用上了新设备，不仅效率高，而且大大降低了环境污染，家门口的空气都清新多了。

当然，88套电烘干设备，对于区域广阔的农村来说，还是远远不够的。栾忠飞再次想到了时下流行的“共享”模式，他开发出一套软件，叫作粮食烘干“共享替代”模块，农民们可以自己在家查询，快速找到离自家近的、价格便宜的烘干点，这样一家电烘干设备就能服务一片，以点带面，辐射开来。后来，这种“共享”模式还达成了能源云网全省首笔撮合交易。

栾忠飞从中受到了启发，他发现，在传统农业之中，很多产业还在依赖于煤炭煤炉加工，这样的方式已经不适应现代社会的发展。如果使用更加清洁、更加高效的电能，就能快速提升产业的效率。

于是，栾忠飞深挖电能替代新领域助力乡村振兴，推进姜堰特产鱼饼虾球的生产，从原来使用煤炉加工的方式改为全电气化生产线，建设了溱湖全电景区。不仅如此，他还引导养殖户应用电气化增氧育苗和恒温养殖技术，缩短水产品生长周期 30 天，提升产量 130%；推进淤溪小学、溱潼养老院等建设全电食堂，让餐饮更安全、更节能。

通过栾忠飞的努力，当地的乡村用电质量不断提升，安全之外更有广阔的图景。

不仅在农村，电力在城市发展中也发挥着巨大效用。为了更好地服务电动汽车发展，2019 年，他推动姜堰公交充电桩合资公司成立运营及充电站建设工作，促成了全省首家电动汽车混改项目落地。

泰州市第二人民医院是姜堰最大的医院，在走访中，他发现医院能源管理系统不健全，建筑用能管理、分析和诊断存在较大困难，存在较大节能降耗空间和潜力。在多方沟通洽谈争取合作后，第二人民医院成功实施了能源托管项目，该项目也成为国网系统最大规模的能源托管项目。项目每年能为医院节能费用约 170 万元，年综合标煤节能率约 5.3%，经济效益和社会效益显著。

年轻的栾忠飞，学以致用，用以惠民，这位“90 后”，让人看到了一代年轻人的担当。

○ 姜晓梅：微小成就最美

在供电部门工作，工作压力是大于常人的。遇到不太讲理的客户，遇到难以解决的问题，都是常有的事情。每个人都不是万能的，每个人的情绪都会有波动。这不，在营业厅刚刚上班不久的小陈（化名），今天就憋了一肚子的气。明明业务上没有问题，偏偏遇上胡搅蛮缠的客户，扬言给她差评。年轻的小陈，只能躲在角落里，暗自垂泪。

“小陈，你这是怎么了？”国网泰州供电公司党建部五级职员姜晓梅路过时，俯下身来，亲切问道。小陈抽抽噎噎地讲述了事情的全过程，姜晓梅笑了笑，把小陈带到自己的办公室，冲上一杯咖啡，慢条斯理地为小陈解开心结，安抚情绪。没过多久，小陈便抹干泪痕，重新回到了工作岗位上。

姜晓梅的这间办公室，有个好听又别具一格的名字——听雨苑，职工们有什么心事，工作生活中遇到什么难题，都可以到“听雨苑”来，姜晓梅的温柔话语，如春风化雨，润物无声，滋润着员工们的心田。

更爱武装的“年轻人”

劝解他人，首先自己必须心态平和，性情温和。在走上供电部门的岗位之前，姜晓梅的性格，可没有如此“风平浪静”。因为，她可是行伍出身，扛过枪，站过岗。

姜晓梅出身于部队家庭，父亲是山东某部的一名军官。她在部队大院中成长，每天睁眼见到的就是高高飘扬的红色国旗，还有庄严威武的绿色军装。大院里生活，有着非常严格的制度，听着起床号唤醒一天的时光，听着熄灯哨进入梦乡，似乎每时每刻，都有一把尺子，用来衡量自己的举止言行。

时光到了20世纪90年代，已经在扬州工学院就读半年的姜晓梅，听到大学生应征入伍的消息后，那股始终燃烧着的热情，鼓舞着她走出大学的课堂，走向梦想的军区，成为南京军区某部野战军的一名通信女兵。

部队的训练是严苛的，不会因为是女生就降低了训练强度。泥潭中的摸爬滚打，雪地中的匍匐前进，这些不过是小儿科，各种严峻条件下的训练，对于身体和意志来说，都是一次次蜕变与升华。这段军伍生涯，让姜晓梅的人生，染上了一层永不磨灭的橄榄绿。

工会服务“多面人”

1992年12月，退伍后的姜晓梅成为一名运行值班员。地级市泰州供电局成立后，担任工会专职。她凭借军人的韧劲与执着，专心工会工作，27年来，她把自己最美好的青春年华奉献给了电力事业。20多年来的工作实践中，工会每个岗位——职工生活、女工工作、会计、文体、办公室文秘、计划生育、班组建设、民主管理等均留下了她的足迹。公司工会先后被评为全国模范职工之家、全国群众体育先进单位、全国先进女职工组织、省电力系统女工工作标杆单位，每一份荣誉都有她的参与，她具体负责的财务工作年年都是泰州总工会的先进。她成为工会服务“多面人”，职工都亲切地称呼她“姜部长”。

作为工会的“内管家”，在从事工会财务管理的24年里，她干净做事、清白做人，多次参与系统财务管理规范的制定，细心管好工会经费、工会资产。只要她把关，就不会让国有资产有一元一分的损失；身为“5980”职工“娘家人”，几乎全体职工都是她的微信好友，无论是工作问题还是生活难题，只要找到她，必有回应。对于每位员工的性格、家庭情况，姜晓梅均了如指掌，每次在职工需要帮助的时候，第一个出现的必定是姜晓梅；她是不遗余力的文体"推广人"，连续 12 年举办"文体康乐"培训班，丰富职工文化生活，提升职工素养。姜晓梅知道，一个快乐健康的团队，才是积极向上的、永远充满希望的；她还是默默奉献的"公益人"，多年来积极组织扶贫济困一日捐、资助贫困母亲、义务献血等公益活动，个人献血累计 3000CC……在她的带领下，公司员工都有一种无私奉献的精神。

其实，从军人到工会，这其中的工作性质转换非常大，姜晓梅也不是从一开始就能胜任工会工作的。军人出身的她，是以强烈的责任心、事业心和不计得失的默默付出践行着她“勤奋务实，卓越精彩”的工作信条。1997 年泰州公司工会刚成立，一切工作从零开始，她边学边干，从组织建设到建章立制，从工作策划到活动组织，她几乎每日都要加班加点，那个时候办公地点还在江州路，较为偏远，然而，每晚最后一个熄灭灯光的办公室，一定是姜晓梅位于四楼的那一间。那一年，姜晓梅的父亲动了心脏手术，前往上海的医院开刀，姜晓梅尽管心中万般牵挂，可是她依然在完成手头工作后，才匆忙踏上前往上海的班车。每每谈及此事，姜晓梅都觉得自己对父亲颇有愧疚。

面对头绪多、事情杂、任务重、要求高的工会工作，她都是主动进位，积极进取，不断提高自身修养和业务素质。她不断强化理论知识的学习，紧紧围绕企业工作目标与重点，自觉提高学习的主动性，不断提高工作能力和水平。在工会工作的具体实践中，她以自身勤奋不懈的工作作风和爱岗奉献的敬业精神，树立了一个工会干部的良好形象。

三八红旗的“带头人”

作为一名女性，姜晓梅在开展女性职工工作方面，有着得天独厚的优势。因为她在工作上的突出表现，泰州公司组建了姜晓梅三八红旗手工作室——“听雨苑”，至今已成立十年，在宣传引领、素质提升、争先创优、志愿服务等多个方面均发挥了示范引领作用。

工作室紧紧围绕企业中心工作，以“成为女职工培训基地、展示平台和温馨港湾”为愿景，立足民主管理，听取女职工心声，挖掘女职工需求，助力女职工素质提升、建功立业、奉献社会。在其带动辐射下，泰州公司已累计建成全国、省、市级巾帼示范岗 23 个，选树各级“巾帼建功标兵”51 人。

公司女职工工作和文体工作是姜晓梅目前的本职工作，日复一日，年复一年，她总是在不断追求卓越和创新。在女职工工作方面，她以提升女职工素质为结合点和切入点，策划开展了“阅读促精彩，静思生智慧”女职工读书活动和“女职工周末课堂”，积极为女职工素质提升搭建有效平台。通过讲座、读书沙龙、古诗词吟诵会、阅读分享等多种方式，运用人文知识来滋养女性，从而推动了学习型职工的打造。她积极落实女职工关爱工程，在切实履行《女职工权益保护专项集体合同》的基础上，认真做好困难女职工的帮扶工作；她热心当好女职工的娘家人，公布自己的手机号与微信号，不论是工作日还是八小时之外的个人宝贵时

间，只要女职工有需求，一定立即回应；她持续关注职工家庭和子女成长，连续七年举办了“卓越未来”职工子女暑期快乐营活动，为职工解决后顾之忧，为职工子女进行小古文、书法、拳术、乒乓球等训练，出版孩子们自己的作文书，组织他们参观泰州乔园、雕花楼等古迹，增长见识、健康身心。这一系列的举措，都是发自姜晓梅的内心。她明白，无论是在单位还是在家庭，女性都是半边天，只有所有的女性职工身心愉悦，才能更好地开展工作。

当然，人在工会的姜晓梅，绝不仅仅只是关心女性职工。在文体工作方面，她就开动脑筋，围绕节庆、和谐、学习、发展和服务五个主题，确保承办上级活动多、开展横向交流多、与各分工会对接多、培养文体人才多和活动亮点特色多等“五个坚持”“五个围绕”和“五个多”。

这些形式多样、丰富多彩的文体活动，丰富了职工的业余文化生活，对培养职工树立良好的道德风尚和思想情操有着广泛积极意义，展现了公司的精神风貌，起到了振奋精神和鼓舞士气的作用。公司设立 16 个文体俱乐部，组建 67 个职工服务、文体活动微信群，连续 8 年精心组织“文体康乐”培训，为有需求的职工找到适合自己的健身项目及业余艺术、文化爱好项目。

爱好广泛的“文艺人”

姜晓梅这些年的工作，用爱心浇灌出国网泰州供电公司的一片热土。她先是光荣当选江苏省“三八红旗手”，被国网公司表彰为“巾帼建功标兵”，又被泰州市委宣传部、市退役军人事务局、泰州军分区政治工作处联合表彰为 2021 年度“最美退役军人”。

“腹有诗书气自华”，除了业务知识，姜晓梅也在不断通过阅读提高自身素质，历史、社科、人文，小说、散文、小品，各类书籍她都有涉猎。她还是泰州市作协会员、江苏省电力作协会员。此外，她更是爱好广泛，自费学习并考取“出版物发行员五级”“二级社会体育指导员”“茶艺师四级”等技能证书。她积极组织并带头参与公益活动，开展多种形式、富有成效的爱心帮困行动。她参加泰州市“女职工爱心社”，资助结对帮扶单身姐妹，平时电话、微信不断，还带着女儿与他们母子聚餐，提供考学咨询；她为社区孤寡老人“圆梦”送棉被送食品，她与留守儿童交心送亲情，为新疆昭苏儿童钩织爱心毛衣，一件件都凝聚着温暖人心的热度。

“但愿苍生俱饱暖，不辞辛苦出山林。”工会是党联系职工群众的桥梁和纽带，是会员和职工权益的代表。工会工作细小繁琐，牵涉面广，需要足够的耐心、细心和精心。而姜晓梅，就是这项工作最好的注解——微小却又那么温暖。

○ 常洁：柔肩担道义

用心倾听 关爱弱势群体

2016年9月的一天，“秋老虎”气势正盛，路面升腾起热浪，赶着行人加快了脚步。汽车鼓噪着空调声呼啸而过，留下一串轻烟与飞扬的尘土纠缠。三两个不怕热的孩子，举着冰淇淋一边走一边打闹，说笑声惊飞了正在路边树冠里乘凉的麻雀。一个男人拄着拐杖，走在树荫下的人行道上，拐杖上偶尔闪现一两点从树叶间隙掉下来的光，他一步一顿，汗珠从鬓角滴落时被顺势甩了开去。他要去供电公司的营业厅。

营业厅前有两级台阶，旁边设有斜坡式无障碍通道，男人稍一用力，拐杖底下像装了弹簧，把他弹上了台阶。进入营业厅，他抬起一只胳膊用袖口擦了擦汗，脸上的汗珠很快在空调吹出的冷气中变成汗渍。张望一圈之后，他选择在就近的柜台前坐了下来。开口说话之前，他小心地从口袋里掏出一个巴掌大的黑色布包，里面是他的证件和零钱。他拿起一本证件，递给了业务员。他的手指糙得像砂纸，食指肚裂了两道口子。

业务员接过证件，是残疾人证。

“可以帮我开通每月减免15度的业务吗？”男人试探着问。

业务员查了一下资料，委婉地说：“实在抱歉，每月减免15度的对象是低保、五保户，残疾人证不符合开通的条件，恐怕我们无法受理。”

男人听了，刚变清凉的脸颊重又红热起来。他好像还准备张嘴说点什么，随即却又把话咽了下去。他不再说话，默默收回证件，打开小布包将证件重新包好，脸上写满失落。他正拄起拐杖准备起身离开时，一个爽朗的声音从身旁不远处传来："等一等，是什么情况能跟我说下吗？"

说话的人是常洁，齐肩头发、面容清秀，她是营业班的班长，也是"金泰阳"服务队的队长，她一边说着一边亲近地坐到了男子身边。

男子叫姚平，多年前遭遇一场交通事故落下残疾，丧失了劳动能力，家里还有孩子要抚养，生活十分拮据。"听说供电公司对困难群体有每月 15 度的减免政策，我来试试能不能办。"姚平说。

常洁一边听着，一边仔细看着眼前这个不幸的男人，一股同情和怜惜之情从内心深处涌出。听完姚平的讲述，常洁再次向他解释了减免政策的规定，并表达了无法为其办理的歉意。

姚平是个讲理的人，他平静地听着，不时点点头，沧桑的脸上详细记录着岁月的刻痕。"你们家的情况，我们记下了。"他转身离开前，常洁对他说。

和来的时候一样，姚平熟练地一瘸一拐离开了营业厅。时近傍晚，温度却还没有下降，开门的时候，一股热浪翻涌进来，太阳斜挂天空，把他的影子长长地打在营业厅的地面上。望着姚平离开时高低不平的背影，常洁柔软的心又一次被击中。

秋去冬来，四个月后的 2017 年 1 月 21 日，距离春节正好还有一周，大街小巷各家各户都忙活着准备过年时，由常洁带领的"金泰阳"服务队冒着严寒来到鑫泰花园小区，敲开了姚平家的门。服务队成员自掏腰包，为姚平送来了年货。常洁所说的"记下了"，就是把姚平纳入了"金泰阳"服务队的服务对象名单。那天送走姚平后，她立即根据姚平的信息联系到他所在社区，了解到了更多关于姚平家庭的情况。

大米、食用油，还有大礼包，看着这些食物堆满客厅一角，姚平一时之间激动地不知如何表达。“有困难尽管找我们‘金泰阳’服务队。祝您春节愉快！”“谢谢你们。没想到，你们真把我的事情放在心上了。”姚平握着常洁的手，声音有些颤抖。

贴心服务 关心特殊人群

其实，早在2012年，常洁就牵头成立了“金泰阳”青年志愿者服务队，他们以“金泰阳，播撒爱与光”为宗旨，与多个社区建立了联系网络，不仅及时为电力客户解决用电困难，还为社会弱势群体提供关爱和帮助。

有一次在营业厅值班，常洁发现不少客户特别是年长的居民客户对公司的服务项目不清楚，她多番思考之后精心设计了爱心服务卡，每次遇到年长一点的客户来办理业务，都会主动

金泰阳服务队初成立

上前分发推广。一位老人称赞："这服务卡，和你们的服务一样漂亮！"

那天，一位老人独自来办理业务，常洁发现老人从随身携带的布袋里翻腾很久，也没掏出什么东西来，主动走上前去，问老人是否需要帮助。老人抬起头，焦急地说，身份证找不到了。说话间，老人露出那双浑浊的眼睛，一看就是长期患有眼疾。常洁赶忙坐在老人身边，一边帮忙打开布袋翻找，一边安慰说别着急，先找找袋子里有没有，没有的话等下去走来的路上看看。

老人的布袋里东西杂而多，常洁一直翻到最后，才在底部发现了她的身份证。老人一番感谢之后，常洁取来一张爱心服务卡交给老人，说，这上面有我们的电话，以后您有什么事打电话就行，不必亲自来营业厅办理。

过了几个月，常洁果真接到了这位老人的电话。老人说，家里电灯不亮了，能不能派人来查看？常洁问了老人的详细地址，马上安排"金泰阳"爱心服务队的成员前往检修。

"爱心服务卡发到了大家手里，服务就进到了心里。"居民们一提到常洁，满心都是称赞。

常洁自己说，她做事都喜欢用心去做，"用心倾听、耐心解决、精心办理、贴心服务、爱心帮扶"，客户也就会将心比心，大家就都能融洽了。在常洁的带领下，"金泰阳"爱心服务队建立了一个专门的台账，台账上全都是孤寡老人、残疾人、特困户等需要照顾的特殊群体。除了客户用电方面的困难他们义不容辞，生活中有需要帮助的时候，他们也都随叫随到。"用电有困难，找'金泰阳'服务队"，渐渐成为泰州广大电力客户的一个习惯。

爱心帮扶 播撒爱的种子

一个夏天的上午，太阳一出来就火辣辣的，像要把世间万物都晒化。常洁所在的国网泰州供电公司市区营业厅门口，走过来两个环卫工人。他们刚把附近马路和人行道的地面打扫干净，来到营业厅门口的台阶上，想要坐下歇息一会儿。

他们两人小心翼翼地坐在台阶一侧，故意把正门对着的台阶中部让开，然后才拧开水壶喝起水来。这些细节，常洁看在眼里，记在了心里。她很快有了一个主意，并且找到了经理商量：在营业厅里设置一个爱心驿站，专门供环卫工人工作间隙休息。

没过多久，当环卫工人再次来到营业厅门口准备休息的时候，常洁把他们请进了营业厅。“不仅有桌椅，没想到还有清凉解暑的饮用水和热乎乎的食物”，环卫工人坐在清爽整洁的空调房里，连连感谢。从此，这片不大的区域，成为环卫工人热议而且常来

环卫工人爱心驿站

的地方，无论天寒地冻还是酷暑难当，有的人甚至不惜从另一个片区专程走来休息。

“要是有更多这样的驿站就好了。”环卫工人无意间谈论到的话题，又启发了常洁的新思路。她与团队一起策划发起了一次网络倡议，发动更多的企业和更多的人为城市美容师“私人订制”关爱项目。

连常洁自己都没想到，他们的倡议不久就在社会上引起强烈反响，线上线下都得到众多人的支持、参与，常洁的一个朋友转发倡议书时，在自己的朋友圈写道：“他们为我们创造整个城市的清洁，我们给他们提供一隅歇脚的方寸。该！”随即，这位朋友把自己店面腾出一小片地方，摆上桌椅和饮水机，立起一块大大的字牌：环卫工人专用。

“寒风瑟瑟添暖意，夏日炎炎送清凉。饥肠辘辘充电饱，爱心接力发倡议”“卫”爱而行——环卫工人关爱项目被评为江苏

金泰阳环卫工人关爱项目——江苏省电力公司志愿服务优秀项目

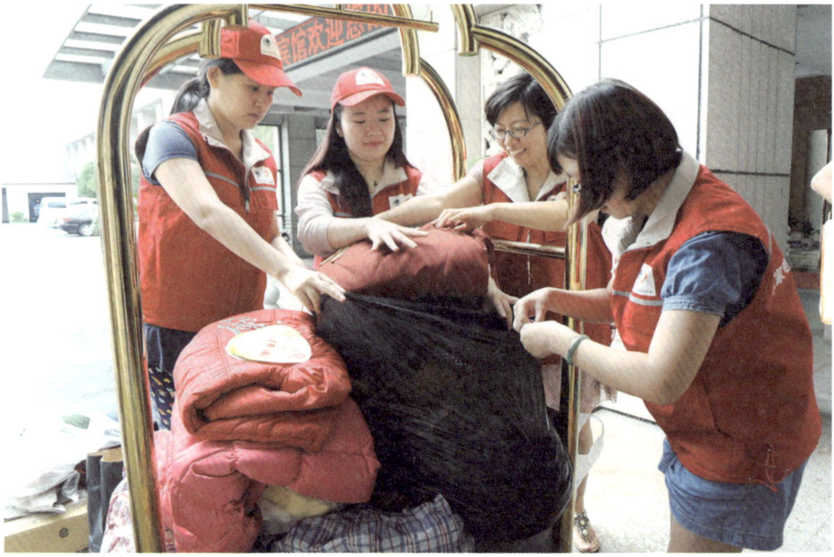

爱在西藏、衣旧情深

省志愿服务优秀项目。

爱心永不止步。常洁和她的队员们打起了衣服的主意。

那是一次偶然的机会，常洁听一位常去西藏旅行的朋友说，西藏的牧民最难挨的是冬天，那里的冬天不但持续时间长，而且温度低得让人难以忍受。言者无意听者有心，当年的9月，在西藏即将入冬的时候，常洁发动队员们一起参与“爱在西藏、衣旧情深”冬衣捐助活动，向公司员工募集各类冬衣200余件，交到了西藏行车队的手中。

青年志愿者服务队　践行雷锋精神

他们当起了城市交通志愿协管员，宣传文明出行新理念；他们当起了“电力小老师”，每逢新学期开学，队员们都会走进校园，以寓教于乐、生动活泼的方式为孩子们上好“开学安全第一课”；

疫情期间设立金泰阳助学打印点

他们当起了“代理父母”，积极参与了“希望来吧”建设，用业余时间，为留守儿童辅导功课，陪伴留守儿童度过一个个欢乐的假期。

常洁和她的队员们的身影活跃在大街小巷、特殊教育学校、福利院，用爱心践行着雷锋精神，也奏响一曲电力志愿服务的文明乐章。服务队成立 8 年来，她们累计走进社区 240 多次，学校 20 多所，福利院 80 多次，服务环卫工人 180 余人次，收到锦旗 20 多面，同时，事迹也被新华网、江苏电视台等媒体报道，队员们用一腔热血，把金泰阳的光芒洒向了凤城大地，洒向了全社会。

常洁也获得了“江苏好人”“江苏省十佳青年志愿者”“泰州市文明职工”等荣誉称号，她用青春书写着“奉献、友爱、互助、进步”的志愿服务新篇章。

2019年1月，常洁获评“江苏好人”后，接受泰州电视台“礼敬好人”系列栏目采访，电视台将一张体检券作为健康礼物送给了她，她惦记起了帮扶群众，第二天，这张体检券就送到了姚平的手里，他带着常洁的心意进行了十多年来第一次全身体检。

○ 张卫东：永不揭穿的秘密

泰州溱湖，风光秀美，渔舟唱晚，落霞映湖，这片原生态的湿地公园，早就是远近闻名的旅游景点，吸引着一波波的游客前来观光，品味“溱湖八鲜”，欣赏湖光山色。

然而，在这片湿地公园中，还隐藏着一片“禁区”，那就是溱湖麻风病医院。这所医院占地近千亩，平时无人靠近，医院里的人，也从不踏出大门一步。只有当微风带着杨柳的清香，桃花的馥郁吹过这所医院时，那里的人才会知晓，原来春天已经到来了。

张卫东的故事，就从这片“禁区”开始说起。

从小就对医院感到好奇
第一次进去吓得不轻

张卫东，出生在风景优美的姜堰渔业社，靠山吃山，靠水吃水，这里的居民们，世世代代都以打鱼为生，日子过得简单而淳朴。

小时候的张卫东，还没有学会走路时，就已经习惯了在船上晃晃悠悠的生活，他跟随着父亲，在渔船里看着日升月落。河水

托着小船，小船托着他，无数个傍晚，他睁开眼睛惊奇地看着河水倒映在天空上，世界如同一面镜子，他从云彩里看见水波在荡漾，河水，天空，眼睛里，都有了水波的起伏。

坐在船上，看到的都是湖光美景，或是水乡人家。没过多久，他就看到一处不一样的建筑，那里的院墙刷着白漆，从外面看，也没有任何的人员走动。

张卫东好奇地问父亲，这是什么地方啊？这里面都住着一些什么人呀？父亲告诉他，这是溱湖麻风病医院，这里住了很多当年得了麻风病的患者们。以前医疗设施落后，得了麻风病很难治愈，很多感染者都会面目受损，肢体残疾，还容易传染。所以，当时就把麻风病患者聚在一起，不让他们和正常人接触。当地的百姓们，也是谈“麻”色变，撑船种田都会绕道而行。

“不过，现在麻风病已经能够很好地医治了，这些麻风病患者，也不会有传染性了。”父亲最后的这句话，给张卫东吃了一

颗定心丸。

在张卫东的成长经历中，这所溱湖麻风病医院，就成为最神秘的所在。他不止一次，想到医院里面一探究竟。

真正有这样的机会，是在十多岁时，张卫东跟随着放映师傅，到溱湖麻风病医院里放电影。第一次近距离看到麻风病患者，着实吓了一大跳，吓得他赶紧躲在师傅的身后。他看到的那些麻风病患者，有的缺胳膊少腿，有的脸部坑洼凹陷，对十来岁的孩子来说，的确令人心悸和恐慌。师傅劝他不要怕，这些患者早已康复，有的有家不能回，有的不愿意回家。他们同住被人遗忘的“麻风村”，需要别人理解，更渴望有人常来看看他们。

放电影期间，几位无腿的老人摇着轮椅过来求助师傅，宿舍的灯不亮了，能否帮助修理？放电影的师傅感到为难，说自己只会放电影却不懂电。看到老人怅然离去的身影，张卫东的内心，突然升腾起一股愿望，那就是希望能够为这些麻风病患者服务。

他看到这些麻风病患者，他们岁数都不小了，行动也多有不便，善良的张卫东，萌生起为他们服务的念头。

从此，张卫东有空就跟着村里的电工打打下手，拿拿接接，并暗中观察，勤学好问，不知不觉成了电工师傅的“好帮手”。1978 年，张卫东经师傅推荐，成了渔业社的一名村电工。

上班第一天，张卫东就背着工具包，利用休息时间走进麻风病医院，闯进了别人眼里的“禁区”，挨个宿舍检查线路，这一查，才发现这里存在很多线路老化、用电不规范的现象，一开始来不及全部更换，就先换了 4 个坏灯泡。这次，张卫东看到很多麻风病患者的眼中，都流露出对自己的感激。而在他们的目光中，还有一种期待，一种渴望被关注、被挂念的期待。临走时，几位患者过意不去，要留他吃饭。张卫东婉言谢绝，说：“以后，我会常来的。”

这句话，不是张卫东随口一说的空话，而是一种饱含着信任

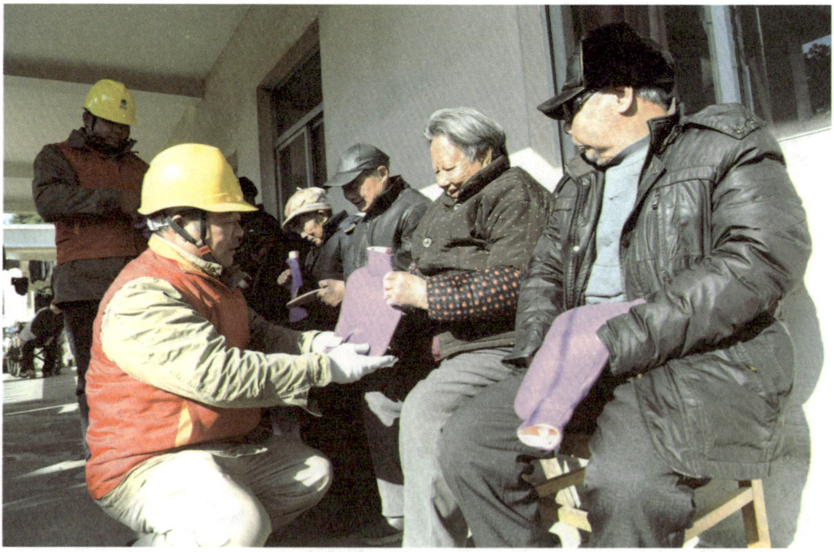

的承诺。从此，他和这里的数百名麻风病患者，结下了数十年的不解之缘。

一句承诺坚持 41 年
温暖患者两千余人次

82 岁的徐汉民在麻风病医院里，既是一位麻风病患者又是医院的一名志愿者，因为病情较轻主动请缨当起了门卫，义务看门。徐汉民后来说，自己是受到张卫东的影响才当了志愿者。

那是 1978 年的一个冬夜，天寒地冻之际，医院宿舍区忽然停电了，一些病情比较严重的老人急得直哭。那时没有电话，院领导正准备派人去喊片区的专业电工。没想到，就在这时，张卫东背着电工包，出现在大家的面前。

面对大家惊喜疑惑的表情，张卫东说，天冷，想到一些患者

洗漱不便，就想着来帮帮忙，正好顺便检查一下线路。

张卫东像往常一样，经过消毒等程序，戴上口罩和鞋套，拿出测电笔，检查闸刀里的每个触点，最终发现保险丝断了。随后，张卫东娴熟地打开包，掏出保险丝，夹断、绕线、连接、送电，三下五除二就恢复了光明。那一刻，患者的脸颊笑成了一朵花。

多年来，张卫东只要有空，就会到麻风病医院走走，看看患者们有什么需求，一个电工包、一顶安全帽、一辆自行车，张卫东不知多少次摸黑走进溱湖麻风病医院这个特殊的“禁区”，爬杆接线，维修线路，为麻风病患者送上一次又一次的温暖和光明。在大家眼里，张卫东就是他们心中共同的亲人。

1991 年夏，大雨不止，洪水肆虐苏中大地，张卫东放心不下这群特殊的患者。忙完工作，他几乎每晚都脚穿高靴，身着雨衣，打着手电，深一脚浅一脚，前往麻风病医院。一次，电闪雷鸣，打掉了“老鸭嘴”，院区停电，抽水泵“哑口”，眼看洪水猛涨，随时可能淹没院区，危在旦夕，患者们都挤到了高处，听天由命，张卫东安慰大家不要怕：“有我在，天塌下来有人顶。”

张卫东冒险爬上电杆，搭起临时线路，暂时恢复供电，确保了院区不受淹。第二天，他配合专职电工办完手续，以最快的速度更换了“老鸭嘴”。

溱湖麻风病医院院长唐本东说，41 年来，院区换了一届又一届的院长，唯有张卫东坚守 41 年，始终如一义务为院区修电。历届院长接力为张卫东记录了服务的次数和人数，累计 2000 多人次，麻风病患者从当初的 600 多人到现在的 45 人，每位患者都接受过张卫东的服务。

纯牛奶

其实他是义务志愿者
这是永不揭穿的秘密

心系麻风病医院，张卫东的妻子王凤没少埋怨过，她说，在丈夫的眼里，麻风病医院比自家更重要，那里的每位患者都让他放心不下。儿子出生时，丈夫在溱湖医院陪伴着麻风病患者，孙女儿出生时，丈夫依然守候在麻风病患者的身边。两代人相隔22年，在丈夫心里就是一个念头，有空要多陪陪这些特殊的“孤独人群”。

麻风病医院近千亩面积，竖了几十根电杆，电线绵延五六公里。唐本东说，院区在张卫东心里就是一张图，每根杆子竖哪儿、多高多粗、有多少线头，张卫东了如指掌。跑的次数多了，张卫东闭着眼睛也能走遍院区的角角落落。

2015年的雷雨季节，天气闷热，雷电打断了院区10千伏变压器的熔断丝，电风扇、空调都停了，病人们个个热得直喘。这一天，张卫东破例没来，唐本东打电话给张卫东，才知他患上感冒，正躺在医院挂水，接到电话，张卫东二话没说，拔掉针头，骑着摩托车赶到医院，用“跨接地”法先保证供电。

现年89岁的曹五英是院区年龄最大的病人，她满怀感激地说，张卫东现在已经五十多岁了，但她还是习惯喊他小张，已经喊了41年了，难改口了。“小张”除了修电，还经常帮他们打扫房间，端饭送衣，洗头理发，无微不至。更让他们感动的是，“小张”还经常自掏腰包，买水果、牛奶、面包等食品送给大家，比亲人还亲。

唐本东说，院区现在共有45名病人，平均年龄75岁。他们至今都以为，张卫东是医院的专职电工，并不知道这40多年来，张卫东都是院区的义务电工。张卫东希望一直深藏着这个秘密，这样老人们会更亲近，更愿意找他。他用40多年如一日的坚守，无论寒冬酷暑还是雪雨风尘，只要一个电话，他都会以最快的速度赶到现场，想方设法恢复光明，化险为夷。他将自己点亮成偏僻“禁区”里患者心中最温暖的一盏灯。

再过两年，张卫东就退休了。他说：“退休了，我就更有时间陪伴麻风病患者了。”

四

担当篇·追云逐电

在时代的洪流中，他们挺身而出，追云逐电，勇于担当，交出一份份成绩优异的答卷。

继承传统，继往开来。在历史的长河中，国网泰州供电公司的职工们，始终将使命扛在肩头，将责任放在心间。他们用日复一日，年复一年的付出，护佑着古城泰州的灯火通明，社会安定。

然而，他们的内心，始终通往星辰大海。他们渴望着在更为宽广的天地之中施展技能。于是，他们重新出发，他们的目的地，是雄安新区，是雪域高原，也是城市之中，乡间地头。每一处输送的电力都点亮着所有国网泰州供电公司的品牌之光，体现着泰州供电职工们的使命担当。

○ “金泰阳”闪耀雄安新区

2021 年 6 月 28 日，阳光明媚，轻风拂面。国网泰州供电公司门前，彩旗招展，队列齐整。这是“金泰阳”党员突击队出征雄安的授旗仪式。每一面旗帜，都是如此鲜艳夺目；每一位队员，都是如此信心坚定。作为江苏省内第一支参与雄安新区建设的电力队伍，“金泰阳”党员突击队的队员们心中承担着对于未来的无限期许，也充满着满满的自豪感。

他们当然有理由自豪，因为，他们将投身到中国的千年大计之中。2017 年 4 月 1 日，中共中央、国务院印发通知，决定设立国家级新区河北雄安新区。这是以习近平同志为核心的党中央作出的一项重大的历史性战略选择，是继深圳经济特区和上海浦东新区之后又一具有全国意义的新区，是千年大计、国家大事。

现代建设，电力必行。国家电网公司全力服务智慧雄安、绿色雄安、创新雄安建设，积极打造世界一流城市电网，以高可靠性供电助力创造“雄安质量”。

江苏祥泰电力实业有限公司积极响应号召，2021 年 6 月 28 日，“金泰阳”党员突击队成为省内首支出征雄安的电力队伍。他们也成为全省首家参与国家级新区建设的党员突击队。此次出征，是开疆拓土、打开区外市场的一次尝试；是自我加压、试水更广阔舞台的一次挑战；是品牌输出、彰显泰电铁军形象的一张名片；此次出征，是延伸服务领域、拓展服务深度、丰富服务内涵，为雄安新区建设绿色低碳之城、国际一流的创新型城市作出积极贡献。

为此，他们信心满怀，多年的实战经验，将为他们大展拳脚提供最可靠的技术支持。为此，他们豪情万丈，参与国家项目，将为国网泰州公司赢得更多的赞誉。这一次出发，是自己的一小步，更是公司的一大步。

“双花瓣”“双环网”领先世界
“机械代人、科技减人”保证安全

作为举世瞩目的宏大项目，雄安城市电网采用世界最先进的“双花瓣”“双环网”等网架结构和技术，供电可靠率超过99.999%，打造数字化主动配电网，服务智慧新城建设。智慧建设，在当今现代化城市建设中，已经被列入最优先的序列，而这也是国网泰州公司的强项，他们都是如此善于学习，能够捕捉到行业中最先进的动态。任何一次风吹草动，都会让他们闻风而起，积极向上。这次的合作，也是国家对于国网泰州供电公司最大

9月22日，国网泰州供电公司祥泰雄安业务部施工人员在河北雄安新区雄东片区A组团新建开关站接线调试，确保工程顺利推进。

的认可。

智慧不仅在于构思，更在于实践。为保障工程有力推进，作为江苏省内首家参与雄安新区电网建设的系统内电力施工单位，祥泰雄安业务部在施工建设环节统筹规划、按日排程，针对设备调试、电缆敷设、电气安装等关键环节制订专项施工计划和推进方案，定期召开工程日例会与周例会，把握施工细节，把控质量与安全，并在开关站建设过程中，全面应用“机械代人、科技减人”思想，使用高压电缆智能敷设系统、手持式核相仪、管道探测机器人等先进设备，大大减少人力和时间成本，保障人身安全。以人为本，这是公司最基本的运行原则。

积极参与国家重点工程
“被动疏解”为“主动疏解”

来到雄安新区，除了保质保量按时完全雄安新区的建设任务之外，泰州的供电人，也不会放过任何一次施展拳脚的机会。雄安新区正在快速崛起，各方面的基建，正处于如火如荼的状态。这时，祥泰雄安业务部也将目光，投向了雄安新区至北京大兴国际机场快线（R1 线）这项国家重点工程之中。他们努力将自己工程的触角向外延伸，以获得更多展示自我的机会。

雄安新区至北京大兴国际机场快线（R1 线）是雄安新区“四纵两横”轨道交通网的“一纵”，是新区交通专项规划“一干多支”快线网的重要组成部分，是中央京津冀协同办批准的雄安新区 2020 年重点建设项目。建设 R1 线对于实现京雄一小时通勤圈，增强雄安新区对北京非首都功能疏解的吸引力和承载力，对于实现北京非首都功能的“被动疏解”转变为“主动疏解”具有重要意义。

这样的机会当然不容错过，每一次争取都是态度积极的表现，都是报效国家的情怀。祥泰雄安作业部的每一位员工，都迫不及待上阵，要将自己所有的光热，都为之付出。

青年骨干挑起大梁
党员先锋冲在前列

在祥泰雄安业务部内，到处都洋溢着青春的气息。这次挑选的人才中，“80后”“90后”青年工程骨干，构成了主要力量。

他们都是朝气蓬勃的年轻人，对于新鲜事物有着天然的好奇，也有着挑战困难的勇气。进入雄安新区以来，他们积极对接雄安新区电网建设的各个专业。他们迅速成长，熟悉的领域，或是陌生的行当，都能独当一面。很多棘手的问题，在他们面前，立刻迎刃而解。对于他们来说，这是一次施展本领的大好机会，同时对于以后的成长，也是一次绝佳的锻炼。在他们个人的履历表上，参与雄安新区建设，必定是熠熠生辉的一笔。

当前，祥泰雄安业务部拥有 5 名光荣的共产党员，鲜艳的党徽在胸前闪耀，火热的党性在胸口燃烧，他们凡事冲锋在前，吃苦在前，充分展示了共产党员的精神。他们也在等待组织的统一安排，希望能够成立临时党支部，增加凝聚力，增强战斗力，还可以和国网雄安供电公司相关部门、上海电力设计院雄安分院、雄安集团相关分公司进行党支部联动、结对，促进支部之间互相学习、共同提高，扎实推进基层组织建设年活动深入开展。一名党员就是一面旗帜，一个党支部就是一个堡垒，在雄安新区，他们将书写泰州供电人的党建篇章。

以战代练、以用促学
铸造一支雄安铁军

这次的光荣出征，肩负着所有泰州供电人的光荣和梦想。对于所有参与其中的人来说，更是一次极为宝贵的学习机会。

江苏祥泰雄安业务部着重进行人才培养计划，本着“以战代练、以用促学”的原则，对新员工进行专责化培养，具体分为：物资管理、工程概预算管理、项目综合管理等专项工作，给新员工“压担子”，培养其独当一面的能力。新员工在这里将亲身参与国内先进配网工程的建设全程，接触国内前沿的智能配网技术

和配网施工体系，在实践中学习，在解决问题中进步。相信这段时间，会成为他们终生难忘的经历。

祥泰雄安业务部分三个阶段提升新员工的职业素养和业务技能水平：首先，在安全学习阶段，始终将安全生产放在第一位，贯彻落实最全面的现场安全施工体系，提高新员工安全理论、安全管理水平；其次，在专业提升阶段，对工程中涵盖的电气设计图纸理解、一次电气设备安装、二次回路接线与调试、电气设备交接试验、线路架设、电力电缆敷设等多种专业知识进行传授讲解，引导新员工成长为专业复合型、专业综合型人才；最后，在实践管理阶段，业务部也将在保证工程进度和施工质量的同时，全力推进人才培养工作，储备技术与管理后备力量，铸造一支“想干、肯干、能干”的雄安铁军。

此外，祥泰雄安业务部不仅对新员工有着专业知识培养的要求，同时也注重对在雄全体员工工作状态和习惯的培养，祥泰雄安业务部实施准军事化管理，既是传承爱国精神的需要，也是团

队凝心聚力的手段。每天清晨，大家都要集合起来做早操，让身体和精神，都能快速苏醒。接着还有庄严的升国旗仪式，眼看着国旗冉冉升起，能够让每一位员工都能心生自豪，为自己能够参与这项伟大的事业而感到兴奋。这些都是为了更好地培养员工的组织纪律性和顽强的作风，做到令行禁止、雷厉风行、整齐划一，有利于提高工作质量，有利于全面提高员工的政治素质、思想素质和作风纪律素质，使其成为思想过硬、知识全面、作风优良、纪律严明的合格电力人。

国网泰州，雄安新区，一幅热火朝天的建设画卷已然徐徐展开。待到雄安新区建成，成为国家运行的重要区域之后，每一位国网泰州供电公司的员工，都会心生万丈豪情。他们一定不会忘记，在这项关乎国家发展的重大工程之中，有国网泰州供电公司发过的一份电，出过的一份力，这是一份值得铭记一生的荣耀。

○ 勇当雪域高原的“螺丝钉”

西藏，雪域高原，无数人的朝圣之地。

神圣的布达拉宫，清澈的纳木错湖，让每一个抵达的人，都会从内心之中，升腾出相见恨晚的感受。在西藏，感受一种从内而外的纯净，是无数人奔赴而去的理由。

然而，对于国网泰州供电公司安泰光纤熔接团队的 20 名队员而言，他们可没有这样的闲情逸致。他们结伴深入高原深处，在人迹罕至的地方，高质量完成了国家电网公司信息通信分公司下达的 107 处 24 芯 OPGW 光缆熔接任务；他们风餐露宿，一块大饼一根黄瓜就是工作中的餐标；他们克服高原反应，强大的意志

2016 年 6 月，泰兴市供电公司员工成永贵在曲水公司对员工进行营销业务强化培训

力让他们能够扎根在高原之上；他们砥砺前行，化身一颗颗“螺丝钉”，将自己牢牢钉在这片需要他们的高原之上。

如今，当他们圆满完成任务回到泰州时，他们的身体都消瘦了，肤色也黑了不少。但是在他们的脸上，无不洋溢着一种成功带来的喜悦和历经千辛万苦之后的豁达与自豪。当再度回望那段难忘的经历时，他们可以无比自豪地说，我们的足迹曾踏上 4000 米山脊，我们的电力曾穿越雪域高原，如今那里的灯火辉煌，凝聚着我们一路上洒下的辛劳汗水。

平均海拔 4000 米的超级工程
遇上高原反应

在西藏中部和昌都电网联网及拉林电气化铁路的供电工程，也叫“藏中联网”工程，在业内被称为“超级工程”，因为整个

公司大力助推西藏联网工程建设

成品保护

工程都在平均海拔4000米的山脊之上，团队要穿行在林芝—朗县段4630余千米500千伏电力线下的山岭中，除了稀少的植被，别说人，就连鸟也看不到一只。普通人根本走不到那里去，更何况是高强度的作业。

国网泰州供电公司安泰光纤熔接团队，也是全省唯一一支参加这项超级工程的队伍。在出发前，他们就下定决心，无论多么困难，都要圆满完成任务。

然而，那里毕竟是高原，对于普通人来说，西藏的高原反应，就会迎头来一个下马威。年轻的青年党员江怿倩在第一天就感到了强烈的不适。先是头疼，随后是全身乏力，似乎全身的力气都被抽干了一样。无比干燥，喝再多的水也没有用，整个身体犹如一条彻底干涸的河床，即将龟裂。头皮疼痛、胸闷气喘，身心的极度疲乏，让江怿倩只能躺着参加动员会。是的，即便身体有如此大的反应，江怿倩依然没有放弃参加会议。

从党支部书记退下来的二线干部许源，是这次光纤熔接工程的总负责，党员们一致选举他为党小组长。看着信心满满的队员们，党小组长许源首先召开了党小组会议，在20名队员之中，有6名党员，而这6名党员，也是许源最为仰仗的力量，此时的党员，就是最坚固的阵线。“藏中联网”500千伏工程项目指挥部里召开时，许源就知道，这是一场前所未有的硬仗。他用“螺丝钉”来为大家加油打气。在辽阔高远的高原之中，人类就如同一颗颗纤细的螺丝钉，如此渺小，但是，就是这一颗颗小小的“螺丝钉”，就有着改造天地的能力。

第二天出发时，江怿倩依然头疼不已，但是年轻人的倔强，让他硬撑着跟上了队伍。连续四天的坚持，江怿倩成功战胜了高原反应。此后，在整个施工过程中，不断激发出的高昂斗志和顽强毅力让全队无一人被高原反应拖后腿，无一人因条件艰苦打退堂鼓。

当然，对于许源来说，在如此艰难的环境中开展工作，不仅是对体力，更多是对意志力的考验。当时他们施工的时间是六月，这也是西藏最适合展开工作的季节。而六月恰好也是升学季，队员中不少人的子女，都在面临小升初、中考、高考等。孩子的事情，也是每个家庭的头等大事，许源看着队员们每天在忙完业务后，匆匆忙忙给家中打电话。怎样做才能让大家静下来做到心无旁骛？许源只有一次次开展工作，热情关心、坦诚交心、密切谈心、支招帮忙，终于统一了大家思想，坚定了大家信心。

鲜艳党旗在高原飘扬
克服一个个施工难题

其实，经常为别人做思想工作的许源，最先说服的却是自己。当年开赴高原时，他已经是 56 岁了。照理说，到了这个年龄，应

2018 年 9 月 5 日，泰州公司大力助推西藏联网工程建设

该在局机关里，选择一种较为清闲的工作方式，再怎么说，也不必到高原上以身试险。家里人并不同意他这个选择，三番五次让他取消念头。但是，对于许源来说，一旦下定决心，不要说是雪域高原，就是天涯海角，他也会义无反顾，奋勇在前。

可是，毕竟是年过五旬的人了。队员们都很体贴这位老领导，十分关照他。但是许源不这么认为，他不觉得自己是需要照顾的人。每次作业，他都主动当司机，直到开到车子无法继续前进时，才叫醒正在闭眼休息的队员们下车爬山。他把 20 名队员分成 4 个组，自己带头与组员一样干活。许源经常说：“什么一线二线，在国家重点工程责任面前党员只有一线！”

不仅如此，多年的工作实践，还让他在工作中多出了一份智慧。他看到高原的太阳光过于强烈，而他们使用的工具，在长时间的强烈日照之下，难免也会出现一些问题，所以他带领着队员们创新施工工艺，将光缆及金具由一直固定在铁塔外侧，改装到可避开强光直射的铁塔内侧，用智慧延长设备生命周期。这样一来，就算他们施工结束，离开高原，留下来的设备，还能年复一年使用，为当地百姓们造福。

所有的队员都会记得，那是在 6 月 10 日，其中一个小组的 5 名组员，不畏艰险，爬上了海拔 4625 米的 16L144 号铁塔后，他们展开了一面鲜艳的党旗。迎着高原上凛冽的大风，迎着强烈的日光，那面党旗，显得格外耀眼夺目。风声猎猎，他们对着天空，高呼“缺氧不缺斗志”，属于泰州供电人的勇气和力量，在那一刻的高原上喷薄而出。

在整个施工过程中，这样的仪式感，在每个 4000 米以上的作业点都会上演，每一面党旗都书写着他们的万丈豪情，每一声呼喊都倾诉着他们的势在必得。

跪着熔接是工作常态
质量第一疼痛第二

在他们回来后，从现场带回来的几张工作照，在国网泰州供电公司员工的微信朋友圈内不停被转发，被分享。每一位第一次看到照片的人，都会心生肃穆，一股敬意在人们的心中油然而生。

其中一张照片，记录的是光纤熔接队队长沈伟跪在海拔 4616 米的 500 千伏朗许 1 号线 16R146 号铁塔下的帐篷前，紧盯光纤熔接的情景，他真正像一枚钉子，“钉”在光纤熔接现场。

那一天是 6 月 17 日，尽管 6 月的气候最适合施工，但是雪域高原上气候多变，一会儿雨一会儿雪，一会儿又是冰雹。光纤熔接对环境要求高，为此，队员们只能克服困难，携带小小的帐篷

2018 年 4 月 19 日，泰州公司大力助推西藏联网工程建设

上山，用来抵御恶劣的气候，所有工作都只能在帐篷里进行。设备一摆开，熔接现场就成了“螺蛳壳”里做道场了。所以，要保证每一根纤细光纤的熔接质量，跪着焊接是最佳姿势。

这样的跪着，对于小组成员们来说，则是一种常态。23 日上午，小组成员通过一人拖一人、两人拖一人、三人拖一人的手拉绳拽的办法，爬上海拔 4838 米的山脊上。在 5 号塔下的帐篷里，队员宋来扣趴在地上检查着第 14 根光纤熔接接头。通过光缆熔接机 200 倍投影屏显示：这根光纤熔接处有气泡，必须重新熔接。虽然切割难度大，但海拔越高必须要求越严格！

这对于宋来扣来说，技术并不是问题，问题是他上山时脚上磨出的一个大水泡。当他趴下焊接时，与地面摩擦导致水泡蹭破，疼得脸上直冒汗，他却咬着牙坚持，他心里想着：“质量第一疼痛第二！”先完成任务，其他的一概不去理会。

当光缆熔接机 200 倍投影屏上再次显示出熔接无错接、无污染、无灰尘时，对讲机传来了“第 14 芯熔接完成，请测试！”的好消息。远程调试合格后，他们又转入下一根光纤的熔接。

就这样，高原“螺丝钉”们在现场自检、队长现场“盯防”，加上远程调试复测，形成了“2+1”的“双保险”工作法。

每天工作时间很有限
大饼就黄瓜是午餐

在高原上进行电力工程，“藏中联网”其实就是不断完成不可能的任务。

平时的施工地点，均是远离人烟的地方，山道弯弯，崎岖不平，施工设备全部靠肩扛手拿。为了保持爬山体力，在党员的带头下，队员们全部选择不带水上山，省下力气运设备。高原之上，

2016 年 9 月，泰兴市供电公司员工成永贵和唐飞向当地居民宣传电力设施保护常识

本来人体对于水分的需求就非常多，但是为了设备，大家都只能忍着。没几天时间，不少队员的嘴唇，就已经干裂开来了。

作业点全部在山上，山脊上没有路，也没有可供拉拽的藤和树，有的只是踩下去特别坚硬的嶙峋怪石。稍有闪失，就会有危险。熔接队平均每天爬山 6 个多小时，从天亮上山到天黑下山，常常需要 14 个小时。好在西藏高原的日照比较长，即使在晚上八九点，还能看得见下山的路。

由于上山下山路上花费时间多，实际上每天留给熔接队干活的时间只有 2 个多小时，其余是在上山和下山的路上，晚了就有下不了山的危险。所以，在 2 个多小时的施工过程中，他们分秒必争地进行紧张严谨的工作，时刻不敢浪费。没有路，山上布满碎石，平均每天 6 个多小时的步行，即使穿着厚厚的鞋，脚底还是感到尖锐的疼痛。

“开饭喽！”每天下午，安泰光纤熔接队一个小组的 5 名队员在海拔 4843 米的 16L107 号铁塔完成熔接任务后，坐在塔下的一块石头旁开始吃午饭。这也是他们在繁忙工作中难得的放松时间。

说开饭，其实就是从行囊里掏出 5 根长黄瓜和 5 块大面饼，逐一分发，每个人一根黄瓜加一块大饼，黄瓜能够补充水分，大饼能够充饥，仅此而已。大家的心态却很乐观，比如先吃黄瓜还是先吃大饼，都能打趣，诸如“先咬黄瓜好下咽”“先啃大饼更香甜”之类。以前在泰州，大家吃的都是精致的淮扬菜，风味清鲜，咸淡适中，每顿还必来上一份鲜汤，如今来到高原之上，一点儿也讲究不起来，能吃饱肚子就已经很不错了。

就这样，一根黄瓜一块大饼当午饭，队员们从 6 月 5 日开工一直吃到了 7 月 11 日竣工，以至于他们回到泰州之后，看到黄瓜就会连连摆手，口中不禁渗出一丝清苦。唉，这都吃出心理阴影来了。

从泰州到高原，从高原到泰州，这一段终生难忘的高原之旅，也让泰州供电铁军的传奇，永久镌刻在高原之上。

○ 飞翔在雪域高原的梦想

每天清晨，朱琳（化名）推开窗户，映入眼帘的是圣洁高耸的雪山。雪山冰川晶莹剔透，几十米厚的冰层已经古老了千万年，折射而来的太阳光芒仿佛是这冰川凝视人间的目光。

外面很冷，雪花被风裹挟着飘到屋里来。进藏十多年了，早已深爱这片雪域高原，她的身体已经适应了高原的环境，就连这些寒冷彻骨的雪花，在她眼里，也是一颗颗变化莫测的精灵。

进藏支教十多年
深深爱上这片高原

偶尔，朱琳也会想起故乡，那是一个在春天杏花落满河面的江南小镇。江南的春雨像牛毛，像花针，像细丝，密密而斜斜，绵绵而潇潇，似烟似雾，似幻似梦，出门从不用打伞，就让雨丝在脸上自由垂落。柔柔的雨丝顺着屋檐串串珠儿似的洒落，淅淅沥沥地落在烟雨蒙蒙的河里，感觉别有一番风味。就算是在冬季，也不太冷，每年都期盼着来一场洁白轻盈的雪，将整个世界都变作晶莹剔透。这样的雪，对于江南来说只是轻描淡写，意思意思。

所以，当朱琳在电视纪录片中，看到大雪封山的西藏高原时，心里就涌动出太多的向往。那里的山看上去如此粗犷豪放，宛如鸿蒙初开，天地初启，仿佛世界刚刚诞生时，雪山就已经在这里了。

在纪录片里，她又看到了那些可爱的孩子们，那些藏区的孩子们。孩子们的脸蛋总是红扑扑的，透着一股生命的大河般的原始力量，正在不断生长。她特别注意到高原孩子们的眼神，多么纯净透彻啊，宛如一条条从雪山流淌下来的河流，不经世事，不受污染，眼里的每一道光都是最纯洁的折射。在孩子的眼中，她还读到一种渴望，对于知识、对于未来。

去藏区支教，当她小心翼翼地说出这个念头时，便遭到了所有亲友的反对。如此娇柔的一位江南女子，不远万里前往藏区支教，想想都觉得不可思议。然而，朱琳一直都是有主见的姑娘，行囊一背，她便登上了西去的列车。

一路上，透过列车车窗，她看到了牦牛们在山坡上悠闲地吃草，她看到了藏羚羊们在高原上尽情地跳动，这是一个自己从未涉足过的世界，这里的辽阔，这里的高远，这里的纯净，这里的荒凉，既为她打开一个全新的视野，也让她内心感到巨大的震撼。

来到学校，当看到比较简陋的教室和宿舍，朱琳都没有后悔过。她坚信自己来对了地方，她要用自己小小的热情，去点燃这辽阔的高原。

气候，饮食，作息……一开始总是有些不适应的，过了几周，自然就好了。最让朱琳感到不习惯的，是这里的电力不太稳定。特别是用电高峰期，有时想看会儿书，电压总是不稳定，有时还会出现停电的现象。

西藏高原见老乡
来去匆匆诉衷肠

西藏的日照时间比较长，每天清晨五六点，阳光都会透过厚厚的窗帘，唤醒还在沉睡的朱琳。起床，洗漱，在心中默念今天的课程，校园里就已经荡漾起孩子们的笑声了。

朱琳是真的从内心里喜欢这些孩子们。尽管在课堂上，他们偶尔也会顽皮，但是涉世未深的单纯世界，总是让朱琳感到向往不已。

曾经，在结束一年的支教，她拖着行李箱离开时，也想过这样的生活经历已经足够丰富了，或许该在江南老家开启新的一段人生了。然而，当她踏出学校大门，转过一个山弯时，忽然看到当地全村的学生，还有家长们，都站在一起，齐齐向她鞠了一躬，还一起喊道："谢谢朱老师，朱老师再见……"

那一刻，朱琳泪流满面。她知道，来到这里支教的年轻教师们，绝大多数也就是一年时间，来年就不会再来了。这些可爱的乡亲们，也一定认为，朱琳走了就不会来了。当道别的声音，回荡在雪山之中时，朱琳却下定决心，我们还将见面，就在不久的将来。

就这样，朱琳将自己的青春，都浇灌在这片土地上，她送走一届届老生，迎来一批批新生。

当然，朱琳也会想念故乡，想着烟雨江南，风景旧曾谙。所以，当她偶然听到一句乡音时，她都会感觉心跳加速，激动的心情难以自抑。

那是一支20人的队伍，尽管口音略有差别，可是朱琳听出他们来自江苏。他们是来自国网泰州供电公司的一支特别行动队，来到这里完成高原光纤熔接的任务。他们来到镇上，也不过是短暂的休整，补充一些物资。他们的工地，远在海拔4000米以上的山脊之上，他们的肩头，扛着从所未有的重任。

他乡遇老乡，自然有很多话要倾诉。可是他们实在太忙了，来去匆匆，他们朝着远处深山一指，告诉朱琳那就是他们工作的地方，便背着包赶赴而去了。

那段时间，下课之后，朱琳也会在校园里，远眺他们所指的方向。她知道，在那片人迹罕至的深山里，她的江苏老乡，正在奋力工作，正在为高原的电力系统做出奉献。

一个多月之后，当朱琳再次和这支老乡队伍相逢时，她看到每个人的脸上，都晒黑了，都显老了，高原的阳光给每个人快速镀上一道岁月的沧桑痕迹。但是，他们每个人都很兴奋，并且迫不及待地告诉朱琳，经过他们的维护，高原的电力系统得以更好的运行。今后，再也不用担心高原电力的问题了。

可是，你们走了之后，又会如何呢？这支队伍告诉朱琳，不用担心，随着科技的发展，会有更多行之有效的科技手段，比如无人机的使用，会运用到高原地区的电力，以及其他方面的建设中来。生活在高原地区的百姓，生活将越来越便捷，日子也会越过越好。

新闻链接：

我国首次实现雪域高原无人机自主巡检（2019.7）

2019年7月5日，国网江苏省电力公司泰州市供电公司赴藏无人机飞行组在我国西藏500千伏廊徐线（藏中联网工程）151—154铁塔目标段线路及通道完成无人机自主飞行作业，表明我国首次在雪域高原电网开展无人机自主飞行巡检作业成功。

无人机自主飞行巡检作业也称“一键式”无人机作业，是在人工设定无人机飞行航线后，由飞控人员一次发出指令，无人机按指令自主升空、自主出发、自主完成电网巡检作业、自主返回充电。

这是我国首次在高海拔、高寒的青藏高原对正在运行中的带电输电电网开展无人机自主巡检生产作业。这次无人机自主巡检飞行成功，不但巡检了我国去年投运的藏中联网工程的目标电网，对探索解决我国地广、山高、缺氧的高寒高海拔地区电网运维中人力登山爬塔难题，保证藏区电网安全具有重要意义。

○ 综合能源服务“增香”绿色餐饮

靖江国际大酒店，位于靖江城内的中心地带，也是靖江市首家四星级商务旅游酒店。长期以来，在接待外来游客方面，都代表着靖江的形象。在外人看来，靖江大酒店总是那么光鲜夺目。其实，对于一家星级酒店而言，很多细节，比如能源的损耗，就是一件很值得研究的课题。

供热制冷比较粗放
供电公司引入服务

能源的损耗问题，曾经一度让靖江国际大酒店工程部经理刘建国感到无比头疼。一家星级酒店，每天的运营成本就很高，如果不在一些细节上精打细算，那么每天损耗加起来，也是一笔不小的费用。

而刘建国所面对的，恰恰就是这样的局面。在酒店未实行合

靖江公司为“全电厨房”培训基地检查用电设施

同能源管理前，供热、制冷等功能方式比较粗放，既造成比较大的能源浪费，又增加了酒店的运营成本。

供热方面，该酒店原来采用的是 2 台 2t/h 燃气锅炉采暖、烧制生活热水以及为厨房供蒸汽。两台锅炉日夜工作，为酒店源源不断输送着热能。在采暖季，往往存在燃气价格过高或燃气供应不足的问题，这样算下来，则是一笔非常大的开销，问题是常常还不能完全满足酒店的需求。有时候燃气供应不足，客人们的热水供应不足，就会遭到投诉。而到了非采暖季，两台高能耗燃气锅炉仅仅用来供应厨房和生活热水，这就是属于典型的“大马拉小车”，很多能源就白白浪费掉了。这样算下来，每年靖江国际大酒店制取生活热水的成本，就得 44.24 万元。而在制冷方面，靖江国际大酒店原采用 2 台 400 冷吨离心式机组，每年开机时间达 150 天，24 小时运行，几乎贯穿着整个夏季，每年制冷电费约 68.4 万元。如此计算，一年下来在制热和制冷方面，酒店得要付出百万元之上。

了解到相关情况后，国网泰州供电公司引入国网江苏综合能源服务有限公司投资，对该酒店进行全新的改造。而且，所有的改造都是基于原来的基础上，完全做到了因地制宜。他们在酒店新建了一座 100 立方米水池，作为生活用水储水。将现有 400 立方米消防水池进行蓄能改造用于蓄冷，利用夜间低谷电价制冷，制取后的冷冻水存储在改造后的消防水池，供白天使用。新增 4 台功率 25 千瓦空气源热泵、55 立方米蓄热水箱、150 千瓦蓄热式电锅炉辅热。同样利用夜间低谷电制取热水并存储在保温水箱，供白天使用。

这样的合同能源管理模式实现了双方共赢，酒店不用自己投资任何费用也能提升能效水平。项目改造后可完全替代燃气锅炉制取生活热水，并且能够用上便宜的谷电，每年可节约制取生活热水费用 23.4 万元，节省制冷费用 16.2 万元。这近 40 万元的费用，也让刘建国缓了一大口气。

首个酒店合同能源管理样板
打造综合能源服务生态圈

2019 年的 11 月 15 日，由国网泰州供电公司等单位联合主办的饭店行业综合能源服务现场会在江苏靖江召开。中国饭店行业协会、国网江苏省电力有限公司、国网江苏综合能源服务有限公

司、国网泰州供电公司等单位代表出席会议，共同为饭店行业推进绿色餐饮谋篇布局、鼓劲助威。

而在这场会议上，靖江国际大酒店的这个项目，就是酒店合同能源管理项目，这也是江苏首个酒店合同能源管理样板工程，为酒店行业节能减排、节省成本起到示范作用。

中国饭店行业协会副会长平安稳在大会上表示，近年来，饭店行业积极响应国家绿色发展理念，大力推进绿色餐饮。此次国网泰州供电公司把合同能源管理服务首次在江苏引入酒店行业，是对饭店行业推进绿色餐饮的有力支持，同时也给酒店转变用能观念、节省成本带来实实在在的好处。未来，希望电网企业加大在饭店行业推广合同能源管理，助力饭店行业节能降耗。

平安稳表示，酒店行业是耗能比较大的行业，节能减排是必经之路。合同能源管理的模式，让酒店可以在零投资的基础上实现能源高效利用。

其实，取得这样的成绩，还在于国网泰州供电公司的主动出击，他们并没有坐等靖江国际大酒店上门求援，而是积极主动和对方取得了联系。作为一方区域的供电部门，不能只满足于现有的供电系统，而是要了解每一家用电企业的真实状况，急他们之所急，帮他们之所需，能够做到“雪中送炭”，哪怕是在自己常规业务之外的工作，也要积极开展，对于帮助企业脱困，树立供电系统品牌，都有着很大的帮助。

电炊具逐渐替代燃气
解决餐饮企业后顾之忧

其实，电力在餐饮企业里的作用正在日益显现。

11 月 16 日，中国汤包文化美食节在靖江开幕，来自全国各地的美食和食客齐聚靖江。靖江汤包，个大汤多，食材丰富，样式多端，让人垂涎欲滴。而在这个活动现场，就有不少店家，开始用电炊具取代了液化气灶和燃气灶。

使用电炊具，对于餐饮企业和普通家庭来说，有着很大的便捷之处。首先，电炊具具有多种功能，可以满足蒸，煮、炖和煎炸的各种需要。其次，清洁方便。使用过程中没有明火，可以减少厨房的污染。清洁时，只需用湿布擦拭即可。如果有顽固污垢，可使用一些特殊的清洁剂进行清洁。此外，电炊具最大的优点是使用起来更安全，与燃气灶存在意外泄漏的风险不同，电磁炉本身具有多种安全保护措施。同时，面板在使用过程中不会产生热量，从而避免了灼伤的危险。即使家里有老人孩子，也无后顾之

5月9日，姜堰区供电公司“繁星花”共产党员服务队为姜堰区首家校园电气化厨房淤溪中心小学全电厨房进行安全检查

忧。最后，方便携带也是电磁炉的一个相对明显的优点。结构简单，体积小，携带不成问题。很多来到靖江的外地餐饮企业，就是随身携带的电炊具，到了地方，摆开来就能操作，十分便捷。

来自上海七宝老街汤圆店经理贾立新说，他们店里已经全面使用电炊具。他介绍，七宝老街都是木结构老建筑，不能见到明火，使用电炊具就可以解决对安全问题的后顾之忧。

安全，是任何一家企业运行时的重中之重。所以，电炊具逐渐替代传统煤气，也是时代所需。而在这个时代，电力系统的稳定输出，也就显得格外重要了。

国网泰州供电公司副总经理姚军表示，近年来，泰州供电积极服务社会能效提升，大力助推了综合能源服务。例如，在交通领域推进以电代油，实现新能源汽车充电设施全覆盖；在农业领域，推广空气源热泵设施，投运兴化蔬菜脱水烘干项目，鼓励农业采用电气化加工；在旅游领域，完成兴化、姜堰景区电气化建设；在公共建筑领域，完成学校、医院等综合能源管理；在工业领域，实行蓄冷蓄热等多能互补协调项目。

在新时代，电力已经不仅仅满足于城市的日常运行，更是向越来越多的领域去延伸，去服务，这也是新时代赋予供电人的全新使命，要求他们不断前行，不断突破，打造一个全新的电力服务世界。

○ 粮食烘干的姜堰实践

泰州市姜堰区梁徐镇，是一个工业重镇，同时也是农业大镇。在农忙季节，走进梁徐镇，映入眼帘的是金黄的麦浪，到处都是一派欢乐喜庆的丰收景象。

在传统的农村里，耕种、施肥、浇灌、收成之后，便是烘干，经过多番辛劳，好不容易收回的粮食，一颗一粒都舍不得浪费。而在过去，粮食烘干可是个大难题。

摊在外面容易造成事故
燃煤热风机则污染环境

以前到了粮食烘干的季节，附近出行的村民们，就经常犯了难。因为通行的马路上，往往半边都摊满了粮食。农村种植粮食一般都有几千斤，从地里收拢到家以后，自家的场地不够晾晒，为了粮食不被捂坏了，就只能从外面想办法，这时候，路边的马

弘机械科技制造
天弘
江苏天弘

ZKJF932

路就成了农户眼中很好的选择，经常有人打扫，地面干净，随便清理一下就可以晾晒了。有的乡村人家建房的时候，院坝的面积因为地基的限制，没有多大的地方去晾晒粮食，这时候家门口附近的公路就成了他们烘干粮食的地方。

农户本身对于将粮食晒到公路上可能带来的隐患并不清楚，他们觉得路这么宽，自己占一点，车子能过就行，但是农村的公路一般都比较窄，一旦对面有车都要仔细避让，如果路上再晒着粮食，司机又要避免轧到粮食，两面夹击下很容易造成车辆的剐蹭；如果有多辆车共同行驶，司机看到粮食后紧急避让，而后面的车又没有保持好安全距离，那很有可能会造成车辆追尾。而且在公路晒粮，农户在收粮和晒粮的过程中也是有不小风险的，人很难一心二用，再加上农民在这个过程中，心力基本上都放在粮食上，对于路上的车辆并不能时刻注意着，很容易带来安全隐患。当然，最可怕的是，粮食铺在公路上，当汽车遇到紧急情况，车轮下晾晒的粮食则会减小摩擦系数，刹车常常出现“失灵”的现象，危险不言而喻。

那么，还有一种方式烘干粮食，那就是在自家庭院里，靠烧煤，一个屋子里摆好几个炉子，或者用更高级一点的，燃煤热风机，过一段时间后，粮食也能被烘干。但是这样也有极大的弊端，那就是污染环境。烘干粮食的那几天，不但整个家里都是浓烟弥漫，味道呛人，就连附近乡邻，也都跟着遭罪。别的不说，还有巨大的火灾隐患。所以说，粮食烘干的难题，一直都在困扰着梁徐镇的乡民们。

传统烘干技术存在隐患
“以电代煤”节能减持

深入乡村，让自己的每一步都踏踏实实走在大地上。这是国网泰州供电公司营销部工作人员李宏林给自己定下的目标。他长期奔波在农村一线，在电力大大改善了农村生活质量之后，如何让电力更好地为农村生产服务？一直都是他孜孜以求的心愿。

他观察到，姜堰区粮食烘干机中 80% 以上采用煤炭、柴油、秸秆等作为燃料。原有的烘干设备存在污染大、效能低、安全性能差、自动化程度低等缺点。以烘干 4000 吨粮食计算，使用燃煤热风机，每年排放二氧化硫 4.2 吨、粉尘 42 吨，对周边居民生活环境造成了严重的影响。燃煤热风机的供热效率只有 65%，烘干耗费时间长。燃煤烘干粮食的过程中温度需人工手动控制，否则就会出现粮食表面结壳、变色、焦煳、产生裂纹等现象，使粮食品质下降。不仅如此，烘干过程还需要司炉工 24 小时看守，人

工成本不低，除了经济性不高，烧煤还易发生火灾。

这时，他灵机一动，就想到了一个全新的产品：空气源热泵电烘干设备。这种设备是一种无需燃烧即可获得较高的热量，并且在干燥的过程中也不会排放污染空气的气体，主要的热量是吸纳空气进行加工，利用蒸发器把外部的热量吸收出去，然后把吸收的空气通过压缩机压缩成高温高压气体，接着再把气体放入冷凝器中，以释放热量使原料干燥。整个过程不仅高效，而且热量快，更没有环保压力。

主动联系热泵厂家
成本只有原来一半

李宏林率先选择了泰州市姜堰区梁徐镇塘家汤为农综合服务合作社，他新上了 3 套空气源热泵电烘干设备，为周边村镇广大农民提供粮食集中烘干服务。

首先，姜堰区供电公司营销部主动联系热泵厂家与粮食烘干企业对接，将塘家汤为民综合服务社确定为首批示范点。姜堰区供电公司为该服务社量身定制了空气源热泵粮食电烘干方案。该项目年烘干能力达 4000 吨，用电容量 36 千伏安，而原有燃煤烘干设备有 6 台，每年消耗燃煤 350 吨。“该项目的建设规模符合大多数粮食烘干企业设备需求及资金承受能力，具备很强的可复制性、可推广性。”李宏林介绍，“该项目建成投运后，可作为泰州地区乃至全省的示范点，形成可观的经济效应和积极的社会效应、环境效应。”

姜堰区供电公司积极做好供电增容等优质服务，与国网江苏电力节能服务有限公司协作，对空气源热泵技术展开研究，针对不同烘干热源进行环保、用能、成本等多方面的经济分析。积极

启动
停止
通用/种子
江苏佳弘机械科技有限公司
Jiangsu Jiahong Machinery Technology Co.,Ltd
服务热线:0523-88018199

向客户宣传电能替代政策、空气源热泵的技术优势，为客户制定清洁高效的用能方案。

随后，姜堰区供电公司营销部工作人员与烘干机厂家和热泵厂家前往现场实地测量，确定方案，协调解决设备安装事宜，确保烘干设备和空气源热泵按时进场，姜堰区供电公司营销部工作人员进行安装，技术人员开展设备之间的连接和调试，保证项目顺利进行测试。

“对空气源热泵粮食电烘干项目，我们执行的是农业电价，尽可能地降低客户的投入成本。”姜堰区供电公司营销部市场及大客户服务室副主任吴丽莉说。

经测算，空气源热泵粮食电烘干设备投入使用后，相比传统烘干设备，成本只有原来的一半，每年还可减排二氧化碳 223 吨、二氧化硫 6 吨。

泰州市还创新商业合作模式，针对空气源热泵设备一次性购置成本较高的问题，创新采用合同能源管理投资模式；参照省经信委印发的电锅炉三年行动计划文件中的优惠政策，主动承担企业用电容量增加引起的配套电网工程费用。

一系列举措，可谓处处为农民着想。

经济账外还有环保账
全面推广姜堰模式

“对新上的空气源热泵电烘干设备，不能算简单的经济账，还要算意义重大的环保账。”塘家汤为农综合服务合作社开展第一批粮食烘干测试时，该服务社负责人钱存明就敏锐地察觉到了这一点。钱存明发现，在姜堰区供电公司的帮助下，新设备操作方便，不需要人员蹲守，节省了人力成本，烘干的粮食质量还非常高，值得信赖。

塘家汤为民综合服务社完成首批高科技设备引进与落户，对于空气源热泵粮食烘干技术在农业生产领域的应用，起到了积极的推动作用。

早在 2017 年，江苏省发改委、经信委、环保厅、农机局、国网江苏省电力公司就在梁徐镇塘家汤为农综合服务合作社召开空气源热泵粮食电烘干现场会，向全省全面推广“以电代煤”节能减持的姜堰实践模式。

全国共有 25 个农业改革与建设试点绩效考评第一的地区，姜堰区位列其中。

经济环境效益显著
助力全省绿色发展

目前，泰州市共有粮食电烘干设备约 1882 套，其中燃煤和柴油烘干设备数量约为 1798 套，占比 95%。而空气源热泵电烘干设备数量仅占 0.5%。按泰州市粮食总产量 328.5 万吨计算，每年需要集中烘干的粮食约 65.7 万吨，全面实施电能替代后，每年可节约烘干成本 2000 万元左右，减排二氧化碳 3.22 万吨，减少标煤消耗 1.52 万吨，经济和环境效益显著。

再将目光放至全省，截至 2016 年底，江苏全省粮食烘干机保有量 1.6 万套，其中 65% 为燃煤烘干设备、16% 为燃油烘干设备，7% 为燃气烘干设备，其余为少量的生物质发电及直接电加热烘干设备。按照 2016 年江苏省粮食总产量 3466 万吨计算，如果其中 20% 采用集中烘干，全面实施电能替代后，每年可替代电量约 4.98 亿千瓦时。国网江苏电力将在全省范围内推广空气源热泵粮食电烘干技术，助力全省实现绿色发展。

五

业务篇：风行电照

业务当先，效率优先，他们总以风驰电掣的速度，风行电照的气势，奔波在供电一线的现场。

○ 新政策：电力新政　惠民底色

有没有想过，世界在一夜之间忽然失去电力的场景?

当然，不少科幻电影都已经用镜头语言向我们描述过这样的场景:所有的功能机构停止运行,交通全部停滞——飞机不能起飞，火车不能开动，地铁无法运行，马路上没有了红绿灯，事故频发，

甚至交通瘫痪。医院里也出现混乱的情况，挂号、收费、取药，都退回到最原始的纸笔、算盘和秤盘的状态，医生无法使用无影灯，病人无法进行手术……的确，人们的衣食住行已经离不开电，在漆黑的夜里，古老的油灯不能再满足人们的需要，电已经成为如今生活不可缺少的部分。

毫不夸张地说，电，已经和水、空气、食物一样，成为现代生活不可缺少的元素。

而如何让电力更好地为市民服务；如何保护好电力设施；如何方便市民用电……其实，电力为民，电力也需要得到保护。电力资源，需要各方面的呵护，你，我，他……我们应该像保护水、空气、食物一样，去呵护我们的电力资源。

全国设区市首部《电力保护条例》出炉

2018 年 10 月 10 日，当人们走进泰州市行政服务大厅，会看到一本本印刷精美、内容丰富的小册子。不仅如此，还有各家企事业单位，以及泰州市各个对外窗口。这是一本名为《电力保护条例》的小册子，这也是全国设区市首部电力保护地方性法规。从那时候开始，也在泰州全市范围内，开启了学习宣传贯彻《条例》的序幕。

发布这样的条例，其实也是对现有的电力系统进行法律性的保护。在保护的背后，是一个用电不断增长、效益不断生长的城市。这里的蓬勃发展，这里的生生不息，都在每年的用电量上得到体现。2017 年，泰州市全社会用电量达 274 亿千瓦时，比上年增长 14.3%，增速位列全省地级市第一。一连串的数字，体现了泰州在奋发进取的道路上，抖擞前行的精神状态。

然而，在这曲高歌猛进的进行曲中，偶尔也会出现一些不和谐的音符。在泰州电网建设工地的施工人员陈翰，以前在电网工程建设现场，经常会遇到各种困难。

有些居民担心电网建设会对家人生活造成影响，所以一直都在阻挠施工，工作人员苦口婆心，讲科学，说道理，好不容易才说服他们。还有的工程，施工现场需要24小时安排人值班，否则电力设施有可能会被盗取，对供电部门造成损失，甚至还有人会侵占电力线路保护区，对电网安全运行造成困扰……说起这些往事，陈翰也是苦不堪言。工作辛苦一点不要紧，就怕这些节外生枝的事情。处理起来，费力又费时。

“之前的《电力法》《电力设施保护条例》等法律法规制定时间较早，难以适应新形势下电力保护工作的需要，对于这些违法行为，很难进行严格地约束，”《条例》起草人王锦程说道，“如今，好了，有了新的政策，一切都可以依法办事。”

这就迫切需要制定更具针对性、操作性强的地方性护电法规。为此，泰州市政府在广泛征求各方意见的基础上，制定发布了该《电力保护条例》，并于2019年1月1日起正式施行。

《条例》共7章46条，从电力建设、保护电力设施、保护电能、应急处置、法律责任等方面对电力保护工作作出明确规定。古城泰州，对现代电力系统撑开了一把巨大而细密的保护伞。

《条例》明确规定了单位电力用户安全用电义务，供电企业和相关部门应当履行的监管职能，并提出由市政府建立电力保护信用管理制度，将单位和个人的电力违法行为等信息纳入公共信用信息系统。为切实保障社会公共安全，《条例》强化了重要电力用户监管，提出市（区）人民政府应当组织有关部门开展重要电力用户认定并实施动态管理。

如今，新能源产业也是方兴未艾，为适应泰州新能源产业发展新形势，《条例》进一步扩大了电力设施保护范围，将风电、光伏发电、生物质发电以及储能装置、充换电站等新能源及相关新设施纳入其中。《条例》划定了特高压架空线路等电力设施保护区范围，并结合区域实际，对泰州地区电力保护工作中存在的燃放孔明灯、树线矛盾等可能危及电力安全运行的行为作了规范。从政府层面的事无巨细，到社会层面的实施细则，都是为了让泰州供电系统在未来能够更规范更合理地为百姓送电，为人民造福。

电力保护最终目的是惠民

一座城市的供电系统，肩负着一座城市不断创造效益，不断向前发展的重任。企业里的通宵达旦，工厂里的日夜轰鸣，都缺不了电力的加持。

对于国网泰州供电公司而言，城市的运行，企业的运转，当然是供电部门的重中之重。然而，民生对于城市居民的幸福感而言，也是同等重要的。每一盏民生灯火，都是这座城市最温馨的底色。

泰州市民王林是一位“90后”，他有夜跑的健身习惯，泰州市海陵区人民西路体育场就是他常去的地方。跑步消耗体力，但他却不敢多喝水，原因就是“体育场附近没有公厕”。直至2019年4月1日，在体育场西南角，忽然亮起了明亮的灯光。在此之前，这里曾是黑压压的一片，公厕隐藏在繁茂的树木后面，即使是白天，人们都难发现它的存在，更何况夜幕降临后呢？

自此，泰州主城区内的163座公厕，全部改造完成接电。公厕虽小，但能够解决群众迫在眉睫的难题。公厕也是一面镜子，折射出一座城市对于百姓的体恤和关爱。这样的关爱，发乎于内心，体现出真诚。

小小的公厕，是国网泰州供电公司助力《“城建惠民”两年行动计划》的具体体现。

这是泰州在 2019 年提出的《“城建惠民”两年行动计划》，通过城市建设，踏踏实实惠民，大到市政道路建设，小到各处公厕改造，比如在主城区 163 座公厕内安装节水节电器具、配备厕纸等。当然，公厕人性化改造均需装表接电。2019 年 6 月，国网泰州供电公司接到任务后主动与泰州城管局取得联系，沟通协调装表接电流程。

“低压业扩新装流程面广、点多、线长，涉及计量、配电、营电、市场等多个专业。”国网泰州供电公司营销部计量室负责人薛林政介绍，为此，该室牵头相关专业，与城管局建立“惠民工程接电群”，实时跟踪督办，覆盖从受理申请到装表接电的各个流程。与此同时，国网泰州供电公司优化装表接电环节流程，将原来的“先用检、后装接”串行工作模式改为“用检 + 装接”并行工作模式。在原有的工作模式中，当供电公司收到验收申请后，先由用检到现场进行竣工验收，验收合格后签发合格单，再由表库配表，最后再由装接人员现场装表。整个过程，至少需要 2 天以上，业务链条多、过程周期长。而新的工作模式则是由装接人员带着表库的表和用检人员一起到现场，验收合格后当场装表送电，压缩的接电时间达 50% 以上。

特事特办，现场办公，这一系列举措，都是国网泰州供电公司积极投身“惠民工程”的体现。城市各个角落里亮起的灯盏，照亮了市民们脚下的路，也点亮了一座城市对百姓的关怀。

300 米之内的快捷施工

供电系统的施工，往往牵涉着当地的各个部门。对于国网泰州供电公司的施工人员陈小伟来说，施工的审批程序，一直以来让他颇感头疼。

一旦电力施工涉及掘路、破坏绿化设施等问题时，国网泰州供电公司需协调城管、公安、水利局、园林等多个部门申请规划、掘路、绿化等许可证。这些手续，跑一圈下来，没个十天半月很难完成，所以往往是停工等审批，浪费了大量时间。

然而，这样的困扰很快就迎刃而解了。泰州市发改委印发《关于加快推进“不见面审批（服务）”简化电力接入工程行政审批实施方案》，进一步明确300米以内电力接入工程免审批的具体要求，并提出长距离工程实行分段审批、重点项目实行“承诺制”等措施。

此前，泰州市已将300米以内电力接入工程纳入免审批范围，但未出台具体的操作方案。《方案》明确，在涉及“占掘路、占用或破坏城市绿地的”300米以内电力接入工程审批流程中，供电公司仅需明确破路、破绿方案和占路保护方案，与相关设施养护管理部门签订协议，书面承诺以不低于原设计标准的方式恢复被破坏道路、被占用绿地后，即可施工。这一项可为项目节省7天左右的审批时间。对于300米以上、跨区域电力接入工程，客户可采用分段方式办理规划许可，加快项目建设启动。相关审批部门在5个工作日内线上并联审批办理掘路许可、占路意见、绿化许可等事项。

针对省重点项目电力接入工程，《方案》提出实行“承诺制”，由供电公司向市、区两级规划部门提交书面承诺，两部门将根据材料同步办理选址和方案审查批复。供电公司凭该批复意见并行办理掘路许可、占路意见、绿化许可等手续后，直接开工建设，在项目外线竣工前完成建设工程规划许可证、掘路许可办理。

此外，《方案》明确，省市重点项目或招商引资优质项目电力外线工程的土建部分，由政府或所在园区负责投资建设。据测算，《方案》实施后每年可为 10 千伏、20 千伏高压客户节省接电成本近 4500 万元。

○ 新动作：主动出击　抗击疫情

一场疫情，改变了世界的运行方式。

或许，我们仍在怀念三年前。那时候，我们行动自由，旅游，出差，随意安排各自的行程；那时候，我们可以全家团圆，举杯，畅饮，庆祝每一个节日；那时候，我们不必戴上口罩，亲友相见，握手，拥抱，呼吸新鲜空气。

然而，一场疫情，让很多的理所当然变成了遥不可及。我们开始戴上口罩，甚至足不出户，我们用这样的方式，去抵御这一场人类共同面对的灾难。

也正是在这场疫情中，让我们见证了如此之多的“英雄”，他们有“遥知百战胜，定扫鬼方还”的决心；有“谓我不愧君，青鸟明丹心”的赤诚；有“驰驱一世豪杰，相与济时坚”的担当；有“衣沾不足惜，但使愿无违”的执着。他们是白衣执甲的医生护士，也是普普通通的市民百姓。

在他们之中，就有国网泰州供电公司员工的身影。特别是在春节期间，在一年更迭，万家团圆，更需要平稳电力的时候，供电公司的员工们，纷纷走上一线，为市民们的万家灯火，铸造一道防疫的长城。

“党员，春节不休息！”一个坚定的声音说。

1 月 24 日，大年三十。大街小巷里弥漫着浓郁的春节气氛。对于配电运检室主任刘学等人来说，外面的热闹，似乎与自己无关，他们紧盯着配电运检室的各个仪表，那些规律行走的指针，闪烁的指示灯，跳动的数字……刘学默默祈祷着，一年到头，千万别在这时候出现差错呀。

下午 3 点，运检室的门被推开了，国网泰州公司负责人率领的“一线岗位慰问组”三人一行，来给大家拜年了。惯常的寒暄过去后，负责人却认真严肃地宣布了上级新的防疫要求：“党员春节不休，24 小时随叫随到……”

“没有问题！”刘学率先表态，其他的党员同志们，也是纷纷应允。对于他们来说，假期不休息，早就是家常便饭了。越是假期，越要保证企事业单位的用电平稳，更重要的是保证市民百姓们的用电安全。随后，配电运检室布置并展开了党员带头对除夕之夜用电高负荷下的保电特巡。

这样的紧急“拜年”场景，出现在国网泰州供电公司的各个重要岗位上。在全新的疫情防控要求下，每个部门都要闻讯而动，保持一线的警惕。

大年初一一早，供电党员10个小组跟随着“党员突击队”的鲜红旗帜，向防疫保电值班、巡检等各个岗位进发……

大年初二，89副人体红外测温仪和一批口罩、一次性手套、消毒液等全部送发到了所属城乡85个供电营业厅……

大年初三，各营业柜台上“党员示范岗”值班服务牌闪闪发光。该公司供电营业厅营业员向忘戴口罩上门的客户赠送了一只崭新的医用口罩，指导按防疫要求戴好进入供电营业大厅的短视频，出现在国网江苏电力抖音公众号上……

“时刻准备着，到‘一线’去，践行先进性承诺！”成了新春佳节里党员们新的志愿。

为应对新型冠状病毒感染的肺炎疫情，春节期间，国网泰州供电公司以临战姿态和一级响应保春节供用电，用履责尽职的汗水和敢于“逆行”的勇气阻击疫魔传播。

2月2日，年味还未散去。下午5点，国网泰州供电公司第10保电巡检组的配电运检人员沈鹏等已经成功完成了对10千伏医开1#线的特巡，当天包括16条防疫保电线路在内的48条重点保电线路特巡计划全部完成，这也是为迎接春节后复工先行的保电巡检。春天还未到来，天气还十分寒冷，可他们身上的衣服早已湿了干，干了湿。尽管辛苦，大家也是相视一笑，辛劳的一年又将开始了。

电力抢修人也是防疫宣传员

1 月 30 日，大年初六，年味未消。家住泰州市区恒创公寓 506 室的黄先生却心急如焚，原来他的家里不知为何突然停电了，问邻居，并没有出现停电状况。这下让他着急了，晚上还有不少亲戚要来拜年，自己还要忙着烧饭呢。没有办法，对于电力维修一无所知的黄先生，只能拨打了电力维修电话报修。

电话挂断没多久，便听到了敲门声，几位胸前佩着党徽、戴着手套和口罩的电力抢修人员已站在门外。看到“全副武装”供电抢修人员认真熟练地戴上自带的塑料鞋套，查找故障原因，黄先生百感交集。

灯光重新亮了，原来是因接户线老氧化，导致接触不良引起的。

送抢修人员到门口时，黄先生说，“你们防护好、抢修快，这大过年的，太谢谢你们了！”

杨磊回话说，“不用谢，这是我们的责任！除佩戴齐全外，泰州城区 4 个抢修点上的抢修人员都经过了防疫知识培训。每次抢修返回时车辆全部消毒。我们的规定是‘做到不感染自己，不感染别人，不被别人感染，不看着别人被感染！’”杨磊是抢修组的配电运检室副主任，也是共产党员。

抢修班长共产党员夏振霖说：“宅家中、勤洗手、多通风，防肺炎。”直到他们离开了黄先生的家，黄先生才明白过来，原来电力抢修人也是防疫宣传员啊。

为做好宣传、宣讲，抢修班还“自编防疫宝典”，供抢修人员宣讲之用。从大年三十到大年初七，公司进行了 121 次抢修，每次都不忘成为防疫知识的普及宣讲，这也让防疫工作深入人心。

为防疫物资生产企业保电

在过年前，国网泰州供电公司的员工们就忙碌了起来。

公司配电运检室的潘煜斌和苏风雨两名员工一大早就来到了110千伏医药变的10千伏医开1#、2#线下方，这里位于泰州“中国医药城”的核心区域，有国内重要医药科研企业的主供电源。经过两人密切配合，先对户外架空线路的绝缘子、金具等设备和室内变压器的油位、温度等逐一进行检查后，又按要求对一到六号间隔电缆终端一一进行了局放检测和红外测温……他们明白，在疫情防控的环境中，要保证医药科研企业的正常用电，这时候的科研技术，可抵千军万马，可挡病毒疫情。

也正是在大年初四，硕世生物科技股份有限公司研发的新型冠状病毒（2019）核酸检测试剂盒，成为江苏省法定检验机构检定合格的首个新型冠状病毒检测试剂，随后每天向全国供应10万—20万人份病毒检测试剂，用于快速检测冠状病毒。大年初五，在泰州公司客户经理共产党员张敏子、唐锋萍完成该厂配电设施安全检查后，公司的总监于鸿文先生说：“我们的成果也有国网泰电无私奉献保供电的功劳！”

从疫情实际出发，春节期间，泰州公司坚持24小时保供电，为当地生产无纺布口罩等一、二类医用卫生材料及辅料的龙头企业之一——泰宇医用制品有限公司，以及其他10多个在春节开工、提前复工、加班加点、持续奋战、争分夺秒生产防疫物资的企业，持续跟踪供电。

主动出击打好防控“阻击战”

2月17日清晨，空气中还弥散着寒冷的气息，风猎猎地吹，路上很少看到行人，国网泰州供电公司配电运检室带电作业班的吴军就已经出发了，刚出门不久，身上的温度便被寒风搜刮了去。吴军要去距离较远的泰州鑫联诚润生物技术有限公司主动消缺，带负荷更换老旧10千伏跌落式熔断器保护开关，为该企业病毒采样管产能提升提供可靠的电力保障。

泰州鑫联诚润生物技术有限公司是全国具备病毒采样管生产能力的八家企业之一，每日有超过10万套病毒采样管源源不断发往全国抗疫一线，生产一旦出现问题，就将对抗疫产生重要影响，供电必须做到万无一失。

国网泰州供电公司主动联系地方政府，动态掌握疫情防控重点单位，组织对31家重点保障场所落实安全检查，提供供电保障全天候专属服务。同时，多种渠道推广“网上国网”App的办电申请、应急送电和故障报修等线上服务，对居民用电及疫情防控物资生产企业采取不停电方式处置配网设备缺陷隐患，做到“先复电、后抢修”。

除了和抗击疫情有关的生产企业，今年泰州市10千伏及以上高压供电企业复工达17574户。国网泰州供电公司针对重点客户所在线路巡视实现全覆盖，开展局部放电检测及红外测温1735余次，帮助企业处理故障114次。

积极发挥国企“顶梁柱”作用

“希望国网泰州供电公司再接再厉、担当作为，推进智慧能源建设落地见效，持续提升电力保障和优质服务水平，为打造人民满意的幸福泰州作出新的更大贡献。”10月14日，时任泰州市委书记的史立军对国网江苏泰州供电公司疫情防控、复工复产及服务市政重点工程建设等工作表示高度肯定。

国网泰州供电公司积极发挥国企“顶梁柱”作用，电力先行带动上下游产业全线复工，向社会释放积极信号，全力落实“六稳”“六保”工作要求，坚决落实国家降费政策，精准服务疫情防控和复工复产，全面支撑全市经济社会高质量发展。

○ 新电缆：身份跟随　跨越提升

每座城市，都有着自己的作息时间。

三月，候鸟如同忠实的纤夫，拉来了巨大的春天。开始还是乍暖还寒，但是春天的脚步，总是说来就来。溱湖边上的柳树枝条摇曳起来，湖上星星点点飘落了花瓣，城里的人们，脚步也都轻盈了。这时候，不用开车，跨上自行车，迎着扑面而来的十里春风，万般惬意。

六月，池塘里的蛙声开启了夏的夜章。李中水上森林公园的鸟儿，也都准备好了，要用一曲温柔的夜曲，鸣叫夏夜的欢歌。在城市里，空调总在日夜不息，将宛若自然的凉风，送到每个家庭的榻前。

九月，金秋的麦浪，惊艳了人间。一台台先进的粮食烘干机，正在为勤劳的农民们，收获着从播种到丰收的喜悦。从以前的煤炭烘干，到现在的电力烘干，生产方式的改变，大大提高了农民们生活的幸福指数。

十二月，大雪为古城披上薄薄的外衣，一切都是如同冰晶的世界，到处晶莹剔透，到处雪色浪漫。走在泰州的大街上，你会感受到一种无比纯净的欣喜，一切都宛若新生的模样，白俏俏的，盯着你笑。当然，天寒地冻之时，还是需要一盏盏取暖器，温暖着城市中的万家灯火。

因为有了电，我们尽情享受四季带来的花开花谢，晨起暮落。

而为这座城市传输电力的，是埋藏在地下的电缆。从半空到地下，电缆逐渐消失在视野之中，却在地下为城市，为百姓，为生活，输送源源不断的电力。而这些电缆，也在不断升级，每一次升级，都会带来跨越式的提升。

“这是东镇 1 号线 1 号电缆段，400 平方毫米，温度正常、湿度正常，最初是由东方小镇某配电房居配工程在 2011 年投运，2014 年该电缆距变电所端 273 米处发生接地故障，增加中间接头 1 处。”

“这是桥商线 1 号电缆段，400 平方毫米，温度正常、湿度正常，最初是由某某商业大楼开闭所新建工程在2015年投运，2020年11月15日网架切改，准备回抽改接。”

在国网江苏泰州市供电公司配电运检室内，运检一班班长沈鹏正在给大家讲解中国医药城辖区内几段配电电缆的“前世今生”。

中国医药城，是泰州的龙头项目。这里的电缆分布，电力分配，可谓至关重要。而只要沈鹏站在这块土地上，脚底下如同蛛网纵横的电缆网络是了然于心，清晰明朗。作为一名见证者，他也目睹、亲身体验着泰州供电配电运检室自主打造电缆全寿命智慧管理体系，以物联网技术、带电检测技术、数字孪生技术为核心，着力加强电缆智能管控水平，提高电缆安全运行水平，为配电电缆精益化管控充电赋能。

这些年来，国网泰州供电公司所使用的电缆，年限在不断增长，不仅减少了生产成本，更提升了电力系统的运营效率。

定制生产，身份卡片全录入

这是一根电缆，出生在江苏某电缆的厂房里，在机器的轰鸣声中，电缆一点点变身，拉长，拉宽，而在电缆“出生”的那一刻开始，就有一张属于自己的“身份证”，这张“身份证”也将伴随着电缆的一生。

当这些电缆被生产出来，集中放置，等待装箱。一等到装箱开始，泰州供电物资部门就收到货物信息：“贵司订购的10千伏3×400平方毫米电缆已完工，准备装车发货，预计两天后抵达泰州。”

这样的信息交互场景，已经真实出现在泰州供电，这也是电缆全寿命智慧管理体系中的首要环节。从电缆最初生产开始，供电公司就已经掌握该条电缆的生产日期、制作人员、生产过程、使用项目等各项信息，等同于建立了关于这条新生电缆的身份卡片。产品到货后，物资验收确保产品相关资料齐全，尤其是产品质量检验报告、产品合格证、外包装验收合格，同时确保电缆实物合格，包括实物型号以及外护套、绝缘层、铠装层验收符合标准，方可收货。

在施工准备阶段，严格按照现有电缆施工工艺标准，简化操作难度，固化施工技术流程，对电缆开剥、切削坡度、绝缘处理、设备压接等关键工艺，推广使用机械化、流水线式制作工艺。

这样一来，整个电缆从出厂到施工现场，都有一套完整的程序。而这些，都因为有了一张身份卡片，让每一根电缆都有自己的归属感。

智慧运维，状态监测全感知

2020 年 12 月的某一天，泰州供电配电运检室运检人员刘伟正在扫描电缆设备上的 RFID 标识，“滴，扫描成功。”随即手持终端就快速识别出电缆、通道及其附属设备设施，并清晰调阅出相关的投运年限、台账、故障等历史信息，获取相关电缆通道及其附属设备设施的位置信息和运行状态，辅助开展巡检、抢修、消缺、试验等各项作业。

这不仅仅针对新出厂的电缆，过去的电缆设备同样录入了整个系统，除了新电缆从“出生”开始的身份录入，关于旧电缆的信息整理同样重要。只有通过这样的方式，才能让生产年限各不相同的电缆，都能发挥最大的作用。

而这些并不是电缆全寿命智慧管理体系的全部，真正的“秘密武器”还在配电运检室的全景展示厅内。配电运检室还研发了一套基于数字孪生和5G通信技术的电缆通道全景可视化智慧巡检系统，是利用AR虚拟建模，结合物联网监测设备，实现电力设施现场环境的1：1全景数字化映射，实时反映环境变化和隐患排查，有效地提高电缆巡视人员的巡视抢修效率。

同时为了加快终端、后台及巡检人员手持设备间的快速链接，配电运检室还应用5G切片技术，在独立的物理网络上，且分出多个逻辑网络，同时对AR、无人机、状态监测设备等不同领域需求提供相适应的网络特性，实现毫秒级的需求响应。

也就是说，只要地下的电缆有一丝一毫的风吹草动，都能通过各种渠道，立刻反映到全景展示厅内。这里的每块屏幕，都真实展现每条电缆的运营情形，一旦有差错，巡视人员便能在第一时间赶到现场，排除事故隐患，让电缆重新恢复“健康”，从而平稳运行。

无线操控，高尖技术全应用

在施工准备阶段，配电运检室建立电缆确认“双保险”机制，安排“背对背”对目标电缆的确认工作，确认结果一致后，方可使用远程电缆开断刀、远程射钉枪等设备，进行电缆安全开断，确保电缆开断万无一失。

除了无线操控电缆开断外，配电运检室引入无人机进行电缆通道巡检。对于巡检队员陈然（化名）而言，这真是一件值得庆祝的事情。过去的巡检模式，都是人工的。需要人“钻”到地下，进行一次次的巡查检查，无论晴雨天，都是一身泥，尽管人很辛苦，在实际操作上还是会有一定的困难。

无人机的巡检作业，也被广泛利用到这个领域中来了。无人机不仅能够在空中进行巡航，还能基于地面巡检和设备采集的激

光点云数据，通过算法获取高精度坐标，并在模型上规划自主飞行航线，利用带RTK的无人机定点悬停拍摄，再通过5G通信技术，实时上传通道情况，便于对电缆通道开展无人精细化巡视，既减少了人工施工的成本，也提高了巡视的准确度。高科技的运用让原本的难题迎刃而解。

正是有了这样的“百般呵护”，能够让泰州电缆的使用寿命，不断提升，让每一根电缆都能发挥自己所有的作用，为城市赋能，为百姓造福。

○ 新服务：走进企业　当好参谋

冶金，是泰州市的重要行业。每一个冶金厂都对当地的经济做出着自己的贡献，在这些冶金厂中，有的规模并不大，但是从负责人到普通工人，每一位日复一日的拼搏，都在书写着各自的人生理想。

在泰州大地上，散落着不少冶金企业。数量多，规模小，如同散落在棋盘上的棋子，每一颗棋子的力量微薄，但只需合理地运筹帷幄，抱团出击，就能团结成一股强大的合力，能够让泰州的冶金企业，形成品牌。

对于冶金企业来说，对电能的需求，实在太重要了。稳定高效的电能，是每一家企业正常生产的基本动力。国网泰州供电公司的员工们，在各自负责的领域中，真正走到企业中去，探寻企业发展的难题，和企业共同面对，共同解决。

解决燃眉之急　当好“电参谋”

江苏泰州康泰铝业有限公司负责人陈奇遗，一直认为企业生产最大的难题就是电能质量问题。

这个地区的冶金企业大部分采用电部炉生产，对电能质量要求很高。这些年来，由于原材料成本不断上涨，加上环保投入大，冶金企业生产经营面临着严峻挑战。

看着手中的原材料账单，还有根据政府要求不断在环保上的投入，一度让陈奇遗产生了退出这个行业的想法。可是，多年的心血投进去了，说放弃就放弃，他心有不甘。厂里不少跟着自己一起创业的老伙伴，如果一甩了之，他也于心不忍。

陈奇遗有个朋友，就是在国网泰州供电公司营销部上班的倪杰，倪杰虽然不是厂里的员工，却经常来厂里坐坐，倪杰和陈奇遗是谈得来的好友。厂子里如何用电，如何节能减排，在这些专业方面，陈奇遗常向倪杰打听。

“兄弟，这次哥哥可能真的挺不下去了，原材料这个价格，升得比航天火箭还要快。而且厂子的电容总是超标，我也不能总是麻烦你。何况，像我这样规模不大的铝业厂，再做下去，也没什么奔头。”点燃手中的烟，陈奇遗对倪杰说道。

“再等等，等等再说。”倪杰的嘴角有一丝笑容，“等到6月底，开完会再说。”

2019年6月底，国网泰州供电公司与海陵区冶金协会联合召开冶金企业座谈会，重点分析存在超容用电的48家企业用电情况，帮助制定合理的用电方案。

就在这场会上，倪杰的侃侃而谈让陈奇遗大吃一惊。他自己也没想到，倪杰对自己的企业如此了如指掌。康泰铝业公司变压器容量为250千伏安，以每月用电8万千百时计，执行单一制电价每月需支付电费6.63万元。倪杰在座谈会上说：“如果变压器增容到400千伏安，可以采用两部制电价，每月交纳电费仅6.18万元。这样，企业每月可少交电费4500元，再加上省去了每月7500元的投容违约使用电费，每月一共能少交电费近1.2万元。”

“我一直认为变压器增容到315千伏安以上，要实现两部制电价，要交纳基本电费和电量电费。费用肯定高，划不来，所以不愿意增容。听了你的分析，我决定立即申请增容。”恍然大悟的陈奇遗这才知道，倪杰的每一次拜访，都是有心而为。在倪杰的心中，早就为大家算好了一笔账。对于陈奇遗而言，不仅是这个方案让他觉得省钱省心，供电部门的贴心，更是让他无比感动：“供电公司不仅办电快，还帮我们节约成本。”

至11月底，48家超容的冶金企业中有39家企业已经与供电公司协商增容事宜。国网泰州供电公司在帮助冶金企业降低成本的过程中，不仅开启了增容、减容快速通道，还为冶金企业当好“电参谋”。

当好“电参谋”，最主要的还是用电安全问题。在当地，因为用户违规用电，导致系统停电的问题时有发生，而这也成为倪杰等供电员工们的最迫在眉睫的问题。

为了进一步提高泰州地区冶金企业供电可装性及电能后量，减少因用户违例造成的设备故障，供电公司曾专门开展了冶金重要客户安全性评价活动，根据客户自查用电设备报告，上门开展设备检查等步骤，供电公司从电源可靠性、用电安全基础、电气设备运行及其他涉电管理四个方面对供区内71家冶金客户开展安全性评价，提出指导性建议，协助客户整改隐患。

那段时间，在这71家冶金企业中，时常可以看见供电部门检查人员的身影，他们主要对电源配器、受配电设备运行方式、运行管理、电工配围、自备应急电源配围、受配电设备运行状况、安全工器具配盟及试验等情况进行检查。

截至目前，国网泰州供电公司在冶金企业用户安全性评价活动中共发现隐患485条，已整改隐患392条，对于剩下的93条隐患，供电公司将继续跟进督促，确保冶金企业安全有效用电。

制定供电方案　节约能源

2018年底，投资4亿元的江苏益鑫钢业有限公司落户兴化市。2019年3月上旬，益鑫钢业有限公司完成了2万多平方米的厂房主体建设，即将进入投产阶段。一派欣欣向荣的生产景象。

3月11日，益鑫钢业有限公司项目负责人陈俊来到兴化市供电公司，提交了一期工程容量为8000千伏安的用电申请。“我们希望在10月底正式投产。”陈俊说。投资如此巨大的企业，早一天投产，就是早一天获得收益，并减少耗损。

对于兴化市供电部门而言，他们也准备好了为益鑫钢业有限公司做好服务。他们不止一次来到现场，想为益鑫钢业有限公司的投产，做好预先的工作。

果然，到了现场，工作人员进行排查后就发现，在原来的规划中，预定的接电位置和最近的电源点 –110 千伏周庄变电所相隔几千米。这样一来，无形中就拉长了电力铺设的路程，增加了施工时间。“如果把接电位置选在周庄变电所附近，可以减少许多专线投资成本”。

益鑫钢业有限公司迅速采纳了建议，4 月初，按照供电公司制定的供电方案开始统一施工，很快，电力系统就能源源不断为企业输能了，看着厂房里的灯火通明，这也让陈俊感到十分欣慰。果然，在当年的 10 月底，益鑫钢业有限公司顺利投产。

“供电公司的一个建议，让我们节省了 300 多万元的投资，真是太感谢了。”陈俊说，“我们在外地开办企业，人生地不熟，就是希望能够遇到像兴化市供电部门这样的政府部门，真正为企业着想，这也让我们坚定了在这里扎根的信心，要用我们的生产来反哺当地。”

正是这样，政府部门的贴心做事，企业单位的用心付出，能够最终形成良性的循环，不仅创造出效益，更是体现出和谐的社会环境。

实施整改措施　消除安全隐患

走到企业中去，将一些实用的用电方案讲解给企业，这是国网泰州供电公司员工们日常的必修课，这也是一种企业精神。国网泰州供电公司组织专业技术人员定期深入企业，开展节能及安全用电宣传，并为企业提供用电咨询及技术指导。

12 月 6 日上午，国网泰州供电公司员工李维在走访企业时，向春兰机械股份有限公司宣传了节能减排、安全用电、节约用电等知识，还介绍了电力采环和地源热系等综合能源利用项目。

春兰机械有限公司在当地是一家知名企业，年产值很高。平时在用电方面，也有点“财大气粗”，这次经过李维的一番讲解，才让公司负责人吴资感到吃惊，他没有想到，公司原来在用电方面，存在那么多可以整改的问题。如果这些问题得到有效解决，将为公司节省下一大笔钱来。在某些用电的环节上，甚至还有些安全隐患。用电的隐患，肯定不是小事，这也让吴资惊出一身冷汗。

“欢迎您继续来指导，指导我们下一步的具体整改措施。之后，也请您多过来，帮助我们更安全更科学地用电。”吴资对李维说道。

“电力＋金融”造福中小微企业

如今，在现代社会中，中小微企业正在茁壮成长，这些企业具有相当高的时代敏锐度，在各行各业都能做出一番事业来。当然，对于这些中小微企业而言，资金恰恰是制约他们发展的最大瓶颈。

位于泰州市海陵区的江苏锦竹工业用布有限公司，就是如此。企业想要发展，缺少资金动力，那是万万不能。企业要上新项目，或是启动新资源，都要靠资金的推动。就在6月19日，锦竹工业用布有限公司会计马蛇英，接到泰州分行风险管理部的电话，几天前他向银行申请的几百万元贷款已顺利通过审批，将很快发放。

“等到这批贷款到位，公司就能迎来新的发展了。”马蛇英高兴地说道。而他不知道的是，就在这一天，泰州供电与中国工商银行泰州分行举行“电力数据＋金融”服务企业发展合作签约仪式。

双方将整合电力大数据资源和银行金融服务资源，快速为中小微企业“画像”，多维度、全方位了解企业经营和诚信情况，打破了银行、企业之间的信息壁垒，破解中小微企业融资难、授信慢的难题。同时，双方共同制定“专项电费贷款”政策，推动金融机构对用电诚信、生产经营良好的企业，加大支持额度、简化授信流程、优化金融服务，形成供电、银行、企业共赢的良性循环。

其中，供电部门提供的大数据资源格外重要，通过用电的数量，基本能够反映这家企业的真实经营状况。如果遇到问题，也能快速进行“诊断”，无论是电力还是金融，都能“对症下药”。

对企业而言，可以更快获取更多的贷款额度，进而扩大生产、更好发展；对供电公司而言，企业健康发展将带来电费营收增长，减少电费滞交情况；对银行而言，可以减少贷款成本和风险，减

少不良贷款。

泰州供电科技互联网部副主任徐兴春介绍，电力大数据在金融领域的应用，主要在于银行信贷的两个环节，即贷前授信辅助、贷后风险预警。具体而言，在银行的贷款审核过程中，得到客户授权后，国网泰州供电公司通过企业用电水平、电量波动、电量趋势等6个维度的用电信息进行评级或评分，反映企业的生产经营状况，以及该企业在本地区、本行业中用电排名变化情况，帮助银行更加快速、精准放贷。贷后风险预警同样分为用电水平、电量波动、电量趋势等6个维度，更加强调了数据及时性和颗粒度。全面而立体的电力数据，为银行的放贷提供了精准的数据，同时也为企业的健康发展，提供了资金动力，最终达到了“三赢”的结果。

○ 新科技：永不断电　高效感知

在国网泰州供电公司，有一位远近闻名的“特种兵”张强，他曾是抢修班的一员。

抢修班，顾名思义，就是无论哪里的电力系统出现问题，他们都必须在第一时间赶到现场，并处理好各种紧急情况。抢修班，是供电系统最辛苦最劳累，也是最危险的工作岗位。

冒着严寒或酷暑出门检修那是家常便饭。特别是在雷暴、暴风雨这样的极端天气下，抢修班也要冲在第一线。

张强之所以被称为“特种兵”，就在于他曾踩着过膝的积雪，身负沉重的维修工具，步行很远进行维修；他也曾只身冲进火海，遏危险于千钧一发之时……

如今，随着电网建设越来越完善，供电质量得到了极大地改善，随之而来的是变电、配电设备数量的增多，给设备维护带来的巨大压力。然而，对于张强等抢修班的员工们来说，却感觉自己的活越来越轻松了。随着时代的发展，配网自动化的大面积覆盖，各种高科技装备引领带电作业成为趋势，这也不断解放了人工，让电力系统运行更平稳。“不停电生态圈”是国网泰州供电公司做出的庄严承诺，他们要让整个泰州市，都能在电力充沛的环境下生产，让百姓都能享受现代高科技所带来的电力福利。

电网检修，用户“停电零感知”

位于泰州工业园区内的泰欣铝业制造公司（化名），生产车间内热气腾腾，在强劲电力的加持下，生产正在有条不紊地进行着，一块块铝材生产出来，将发往各个建筑工地，发挥各自功能。忙碌的工人们丝毫没有注意，在天空里有过一阵轻微的“嗡嗡”声，那是一架无人机划过的声音。

“无人机 001 号已到达园西一庙湾 005 开关，请指示。”国网泰州供电公司配网不停电作业中心工作人员对 10 千伏园西 1#2A1 线园西一庙湾 005 开关组织无人机远程查勘。

泰州供电正式成立配网不停电作业中心，全面推广不停电作业方式，让电网检修期间用户“停电零感知”。之前在电网检修期间，都要让线路上的企业用户停电。毕竟这关系到企业的安全用电，稍有差池，都是无法挽救的重大事故，但是对于企业来说，哪怕是一分钟的停电，都会造成极大的损失。后来虽然进行了不停电施工，还是存在作业实施周期长，还有可能出现安全管控的问题，而在验收环节，往往都是依靠老师傅的肉眼识别，与经验加持。然而，面对这些问题，仍存在一定的隐患。

而泰州供电创新引入高科技成果武装，将不停电作业、5G 通信和无人机三者巧妙结合，在传统不停电工作中应用国际领先的 5G 通信技术和无人机巡检技术，打造配网不停电作业的高科技生态圈，有效地解决长期困扰配网不停电作业专业发展的难题，成功实现不停电作业能力的飞跃。这种技术的革新，不仅解放了人力，更是让作业更加精准，提高了作业的整体水准。

远程操控，查勘于千里之外

“嗡嗡嗡——”9 月 3 日，一架通体白色、小巧灵活的无人机振翅高飞，翱翔在 110 千伏医药变 10 千伏园西 1#2A1 线主线上空，很快抵达目的地——园西一庙湾 005 开关。而此时，远在办公室里不停电作业的班长陈劲松，面前的电脑屏幕上正显示着这处设备状况。原来，无人机搭载的高清摄像头由班长遥控指挥，已经对准了设备，通过 5G 通讯技术，实时传输到办公室里的屏幕上，进行远程查勘。陈劲松的眼睛，也时刻紧盯着屏幕，一丝一毫的细节都不能错过。唯有全神贯注，才能一丝不苟。

除了实时传输外，无人机还在目标设备附近上下查看，从多个角度拍摄设备附近道路状况、检修通道、设备运行工况、作业距离等现场一手影像资料。

根据测算，原先不停电作业查勘整套流程需要 1 周时间才能完成，在引入无人机与 5G 技术后，半天就能完成计划内的查勘工作，查勘效率提高 90%。

高科技的运用，能够让人坐在房间就能掌控全局。人类可以信赖高科技，但是最终还是要让高科技为我所用。这是新世纪的国网泰州供电公司，掌控科技，面向未来。

全景直播，安全管控以人为本

8月的泰州温度达到37.5摄氏度以上，泰州供电带电作业人员吴春晓（化名）穿上厚重的绝缘披肩、绝缘手套，顶着炎炎烈日，进行闸刀不停电检修工作。

在烈日之下，只要稍微一动弹，汗水便从身体各个部位冒出来，很快整个人都如同泡在水中一样。不仅如此，他们还要戴上厚厚的绝缘手套，手握工具，全神贯注地进行检修工作。

他们的工作不能出现任何差错，为确保作业操作规范、泰州配网不停电作业中心自主研发了一套“智能安全监控系统”，通过在塔身安装广角度、可视化、实时监控拍摄的现场云管控摄像设备，记录作业人员的一举一动，并通过5G信号实时传送到监控大屏。

正在施工时，吴春晓的耳机里忽然传来了安全提醒的声音。原来这是结合无人机三维建模和测距的相关数据，智能判别出作业人员各部位与带电部分、地电位部分的安全距离，一旦临近红线，监控装置将主动提醒可能发生的危险事项，确保不停电作业安全管控始终在线、有效。更为重要的是，这样能确保检修人员的人身安全。

据统计，在传统的人为管控下，班组每天的安全管控能力只能覆盖2个作业小组，而应用实时监控后，目前的安全管控能力不仅能够覆盖8个作业小组，而且不受空间和距离的影响。不仅大大提高了工作效率和范围，还能够将人员安全系数提高到最高，杜绝了安全事故的发生。

所有的科技发展，最终都是为人服务，“智能安全监控系统”，始终“以人为本”，让检修人员体会到踏实的安全感，在施工时，没有了任何的后顾之忧。

“大咖”云集，打造高科技生态圈

“泰州配网不停电作业中心依托高科技设备和新技术研发为核心，搭建具备较强市场竞争力和产业可持续发展特征的不停电作业高科技生态圈，其中就包括有‘不停电作业 + 5G + 无人机’的作业新模式支撑的未来不停电作业中心发展新方向。”泰州供电配网不停电作业中心负责人杨磊说道，“长久以来，使用人工进行不停电作业的弊端，随着不停电高科技生态圈的打造，已经被消除，被替代。”

“不停电作业 + 5G + 无人机”的作业新模式，有基于 VR 技术的不停电作业实操场景，缩减了人员培训所需要的场地，同时拓展了作业项目开展的多种可能性，作业人员可以 100% 还原实际作业中的触感、重力感、麻电感，增强人员适应多种作业场景的能力；还有基于数字孪生技术、搭载全景摄像头和视觉感知系统的不停电作业机器人远程操控仿真模型。这些身临其境的工作场景，彻底解放了人力，提高了效率。

高科技正在逐渐改变人们的生活，而真正使用高科技，运用在推动行业进步和社会发展上，国网泰州供电公司无疑走在了全国同行前列。越来越多的高科技工具，会改变现有的工作布局，让未来的供电工作更加便捷，更加明了。插上高科技发展的翅膀，泰州供电，未来可期。

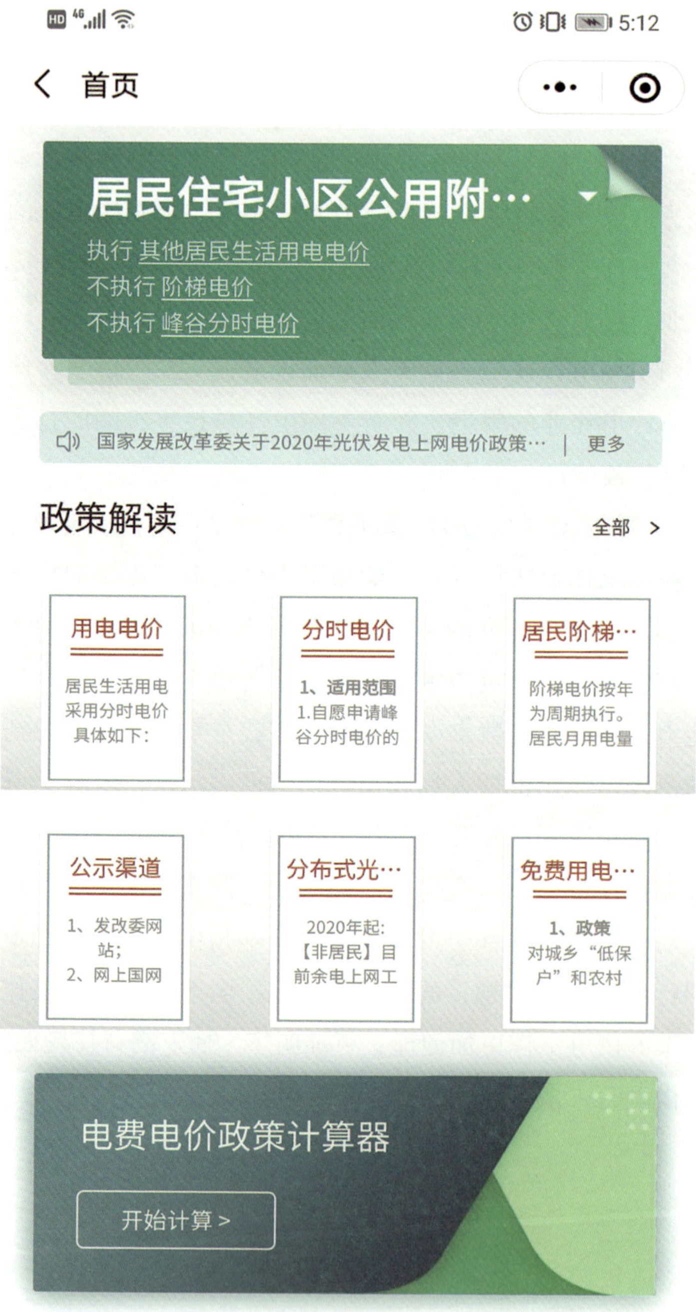
5:12
首页
居民住宅小区公用附…
执行 其他居民生活用电电价
不执行 阶梯电价
不执行 峰谷分时电价
国家发展改革委关于2020年光伏发电上网电价政策…
更多
政策解读
全部 >
用电电价
居民生活用电
采用分时电价
具体如下：
分时电价
1、适用范围
1.自愿申请峰
谷分时电价的
居民阶梯…
阶梯电价按年
为周期执行。
居民月用电量
公示渠道
1、发改委网
站；
2、网上国网
分布式光…
2020年起：
【非居民】目
前余电上网工
免费用电…
1、政策
对城乡“低保
户”和农村
电费电价政策计算器
开始计算 >

○ 新算法：自家电费　自己可算

如今，每个家庭的电表，都在各自运行着。对于绝大多数的人来说，电表是怎么运行的，电费是如何收取的，其实并不清楚。对于年轻人来说，更是一笔“糊涂账”。

然而，近几年，一个“电费计算器”的小程序，在江苏省国网泰州供电公司市区营业厅内，被广泛使用了，用户可以自己算一算，每月的电费，究竟花到哪里去了。

28 类用户电费一键查询

家住泰州市明珠小区的叶春华，来到了营业厅内，这次他可是有备而来。“我听说，现在营业厅可以查询具体电费的出处了，我就是好奇，也想来看一下。”

“您看你们家中有 7 口人，享受一户多人口电价政策，可以申请执行居民合表电价，也就是执行固定的电价标准，不执行居民峰谷和阶梯电价。这样电费支出会少一些。”江苏省国网泰州供电公司市区营业厅工作人员叶倩倩（化名）打开“电费电价政策计算器”小程序，并向叶春华详细介绍电费电价知识。

“打开这个小程序，我们在家也可以查看与我们有关的电费电价吗？”叶春华问道。

“当然可以了，只要这样做，随时随地都可以查询。”叶倩倩耐心回答。

根据国家发展改革委居民阶梯电价政策相关规定及江苏发展改革委印发《关于完善居民阶梯电价有关问题的通知》，对一户多人口电价政策等进行了细化完善，对于人口多的家庭来说，这无疑是一个利好的政策。近年来，江苏省多次下调一般工商业及其他、大工业、居民等出台电价政策细则，惠及4500万江苏电力客户。为将降价红利及时传导到终端用户，国网江苏省电力有限公司多措并举畅通电费电价公开渠道。3月15日，该公司推出“电费电价政策计算器”微信小程序，实现用电政策实时查询、“用电简历”一键生成，让电力用户明明白白消费。

小程序设置了居民、工业、商业、农业、行政事业、其他单位等六大场景共28类具体用电类型。电力用户选择用电类型后，即可查询相应执行的电价政策及其解读。

“28类用电类型几乎涵盖了我省所有用电情形，包含电动汽车充换电市场化售电、分布式光伏发电等新兴业务。用户动动手指，就能一键查询电费电价。”江苏电力营销部营业处电费专责江明表示。

该小程序还提供电费成本试算、科学用电建议等服务。用户进入“电费电价政策计算器”输人用电信息，即可获得月度各项费用试算结果，并得到定制化用电诊断建议，从而优选电价策略，实现降本。

企业可以自己调整计费方式

为什么最近的电费，会高于其他时候？泰州市瑞祥机械配件有限公司电气负责人陈国富心里一直有这个疑惑。

于是，陈国富前往泰州市区供电营业厅咨询电费电价事宜。他的企业拥有1台容量为630千伏安变压器，为大工业用电户。在营业班长李亚楠的引导下，陈国富在“电费电价政策计算器”中选择“工业生产用电”类别，立即查看到企业应执行大工业分时电价以及两部制电价。

“电压等级10千伏变压器台数1台，在运行变压器容量800

千伏安，月最高用电负荷比例 45%，基本用电计费方式是按容量计费。”陈国富输入变压器台数容量: 基本电费计费方式等信息“电费电价政策计算器”测算出企业月度基本电费为 2.4 万元。

随后，他又依次填入日用电量功率因数等用电信息，得出电度电费 9.78 万元和功率因数调整电费 2445.73 元，计算器最后显示企业平均电价为 0.8285 元 / 千瓦时，给出了“高于市场平均电价，建议选择需量计收基本电费合理调整生产班次，及时提高功率因数”的建议。

在得知该企业近两个月生产负荷有所下降后，李亚楠指导陈国富将基本电费计费方式调整为按需量计费，重新试算的结果显示，企业平均电价降低至 0.7645 元 / 千瓦时。

江苏电力还将对电费电价政策计算器进行优化升级，丰富程序功能，未来还将向用户推送包含办电途径、办电手续和办电费用指南等在内的多维电力政策信息。

实现全省首次“无证办电”

“真想不到，没带证件也能申请用电！”2019 年 9 月 11 日，江苏润泽安全科技有限公司总经理孙宾兴奋地对泰州市区营业厅工作人员冯星说，“本来只是咨询办电手续，没想到供电窗口居然直接调取到我公司的办电资料，免去我来回奔波，现场完成用电项目申请，预约接电时间。”

“无证办电”是国网泰州供电公司优化用电营商环境，方便企业、群众办电出台的一项全新举措，为全省首家实现政企信息线上共享单位，大大节省了企业办电的时间。

为实现政务信息共享，2019 年 5 月下旬，国网泰州供电公司密集走访政府协商洽谈，紧抓地方政府建设政务数据共享平台有利契机，自建政务专线，周密部署信息安全防护措施，打通电力专网与政务外网信息壁垒，实现公司内网系统与政务大数据中心互联互通。历时3个多月，国网泰电先后获得有关部门线上数据接口查询授权，于9月6日实现营销业务应用系统内网在线查阅营业执照、不动产权证、项目批文备案等办电资料，无需客户自主提供，真正打破电力内网信息孤岛，通过数据跑路代替群众跑腿，正式进入“无证办电”时代。

国网泰州供电公司相关工作人员介绍，目前，泰州市区城乡营业厅均已上线此项服务，不仅对新增高压企业客户实施推广，低压小微企业、居民客户同样可享受该项增值服务，客户在营业厅无证报装后，工作人员即根据客户预约时间上门完成后续服务，带来全新办电服务体验，真正落实“放管服”改革要求，实现“最多跑一次”。

下一阶段，国网泰州供电公司将继续利用已建成的政务信息共享渠道，深挖数据价值，完善功能应用，丰富应用场景，力争继续打通民政局“低保五保”、工信局“省市重大项目进展”、征信办“企业信用”等部门数据，实现阶梯电价免费基数精准扶贫，省市重大项目实时跟踪、电费回收风险精准预警等一系列基于政企信息共享的服务应用，全面提升营销现代化服务水平。

企业实现接电成本“码”上查

如今，企业想要安装一台新的设备，必定要和电力部门打交道。如何最为简单快捷地安装好，还能最节能进行调试运行，一直都是企业家们的难题。毕竟，不是每个企业都有专业的供电人员。

2021年4月18日，泰州泰高新材料有限公司工程部负责人周爱军通过“接电成本码”微信小程序，获得了新装一台 800 千伏安专用变压器典型设计参考方案和相应造价。“现在只要打开小程序，设计图纸和造价一目了然，不用担心花冤枉钱。”周爱军说。

“接电成本码”微信小程序，是一款企业客户内部工程造价设计情况查询工具，由国网泰州供电公司研发推出。该小程序于 4 月 5 日上线运行，集成了 50 多种受电工程典型设计和造价手册，为客户提供典型设计、造价对比两项服务，并将对比结果形成二维码，方便客户随时查询，了解、控制成本。

该小程序上线后，国网江苏省电力有限公司将它链接到网上国网 App 进行推广。截至 4 月 22 日，江苏省内共有 6000 多家企业利用该小程序了解了企业内部工程造价，解答了自身对于工程接电造价、设备购置、工程建设等方面的疑惑，解决了设备选型难题。企业自主选择设计、施工、供货单位有了参考依据。

在内部工程实施前，客户可根据企业自身情况，在“接电成本码”小程序的典型设计模块中输入供电方式、电压等级、容量及计量方式，该程序会生成典型设计方案和标准设备信息，包括设备选型的分档报价表格和设计图纸，供客户参考。如果客户对接电成本有疑问，可在造价对比模块中输入企业地址、电压等级、总报价等信息，小程序与市场平均设计价格比对后，就能得出“红、绿、黄”三种颜色的比对结果码。客户扫码后可查看造价比对详情，了解造价是否合理。对于流动资金比较紧张的企业，小程序界面上还给出贴心提示，告知客户可以选择电气设备租赁服务，减少一次性资金投入。如此细致的服务，让用电企业感到便捷又温馨。

○ 新技术：数字“长眼” 地图“说话”

如今，我们都身处一个巨大的网络之中。

这张网，可以是手机中不断闪现的信息网络，也可以是看不见的人脉网络。我们已经习惯将自己置身于网络之中，获取四面八方的信息。同时，我们也将自己暴露在网络之中。我们已经习惯了在城市之中的各种“天眼”下，它们将人在公众场所的一举一动全都被收录下来。天眼之下，疏而不漏。

天眼，也成为国网泰州供电公司的利器。他们利用“电力天眼”，重新构建起一张泰州的供电地图。

数字孪生技术深度应用

2020 年 12 月 3 日，一架挂有三维激光雷达和红外等采集设备的无人机以自主飞行方式，完成在建中的常泰长江大桥北接线两侧的扫描和信息采集。大桥两岸的地貌、民居、流域等，都被完整记录了下来。

随后，4条220千伏及以上电压等级电网20个区段的地形、地貌、建筑物等采集数据通过5G网络发往远方后台建立现场模型，形成了厘米级精度的三维点云地图，送给规划等部门应用。这是数字孪生技术首次深度应用于长三角一体化联通重点工程，这种技术，突破过往，让地图显得更直观，更有利于进行未来规划。

要是放在以前，如果是人工去实地考察，再去建模，不知道会花费多长时间，且容易出错。如今，有了最新技术的加持，原本的遥不可及，变成了近在迟尺。

近年来，国网泰州供电公司在深化云计算、大数据、物联网、5G通信、人工智能、图像识别、虚拟现实、可视化等技术应用中，深度开发、系统集成、孵化创新成果，推进能源互联网建设与管理变革发展更智能、更高效。能源互联网智慧运检新体系和基于能源互联网服务的新格局加速形成。借助于互联网的新时代，国网泰州供电公司始终走在时代前列，将最先进的科技，充分运用到供电部门一线工作中来。

“电力天眼”炬神目

2020年2月20日，在远方管控平台上，忽然响起了“滴滴滴滴”的报警声。

这是无人机飞翔在泰州市中国医药城内的硕世生物有限公司一个户外电缆接头上空时，识别出了进线电缆接头处的温度异常，自动将该线路故障信息通过5G网络上传到远方管控平台，平台判别处理确认后，迅速派发工单到电网运检人员的手持终端上，运检人员立即来到现场，及时带电解决处理。

就在全国防疫保卫战刚刚打响，泰州中国医药城核酸检测试剂生产企业开足马力复工复产支援武汉抗疫之际，电网运行部门通过建模，聚焦该企业10千伏医开1号2E3线等现场保供电。电力充足，才能让企业开足马力，生产足够的医疗物资，送到抗疫一线，为全国抗疫奉献“泰州力量”。

从配、用电环节5G通信及北斗精准定位的能源互联网建设需要出发，国网泰州供电公司通过在电网上加装机器人、摄像头等可视设备和无人机自主巡检、缺陷智能识别技术应用，开发后台分析判断环境感知平台，成功研发系统化的“电力天眼”。这些天眼无处不在，无时不在，时刻监控着整个系统运营，24小时不停歇。

光是简单的拍摄还不够，如果拍到了异常，无人机如何进行识别？如何进行处理？国网泰州供电公司随后建立了设备缺陷专家库，先后将72种典型缺陷录入专家库，供无人机进行缺陷识别学习。并以深度学习和智能算法为基础，搭建设备状态模型，结合电网负荷变化，推演设备状态和发展态势，制定设备巡检方案。

系统准备好后，就要进行调试。在试点试验成功后，国网泰州供电公司还将“电力天眼”系统建设扩展至400伏—1000千伏的设备。

自动识别安全距离

泰州是鱼米之乡，平旷的原野上沟壑纵横，自然，喜欢钓鱼的人也不在少数。背上渔具，找个河湾，打发一天的闲暇时光。这个爱好本来没错，可常常有人忘记了安全问题，在高压线下开钓起来。如果不小心将鱼钩甩到高压线上，后果不堪设想。

一个风和日丽的早晨，泰州市民王玉春正在110千伏新洲线

21号塔下钓鱼，河面上微波荡漾，他迫不及待地把鱼饵抛出。顿时水花微溅，水面上漾出一道道涟漪。看着涟漪向四周扩散，他静静坐着，等待收获。然而，此时，带测距的电网可视化装置自动识别出钓竿加线上甩距离小于安全距离，这是极度危险的行为，稍有不慎，就可能造成电网运行和人身安全的损害。于是无人机自动拍照、上传，还及时劝离了钓者。这是“电力天眼”系统发挥了自身作用，又一次保证了电网和生命安全。

“电力天眼系统是基于机器视觉技术，针对输电、配电、变电在役设备隐患智能识别。系统平台有系统管理、数据中心、算法中心、任务中心四大模块。利用算法模型、前端传感器数据、运维采集图像与图片数据，融合历史运行数据归类整理研判。”国家电网有限公司劳动模范、泰州供电运检专职戴永东介绍说。

数字孪生大应用

不仅有在空中飞行的无人机，还有埋藏在地下的传感器，上天入地，泰州正在构建全立体的电网安全体系。

11月24日，泰州市城建单位正在老街地区，为5G通讯铁塔进行打桩施工，一派热火朝天的景象，“突突突……”就在打桩机不断深入之时，城市电网维护人员紧急叫停，告知施工人员“要打到电缆了”。

原来，10千伏隍城线电缆音感探头从噪声量预测到可能的外力破坏，地下局部放电试验传感器动作并通过5G通讯向能源互联网管控平台报警，这次报警及时拦下了打桩施工，避免了该片区的一场停电事故。这就是创新的数字孪生技术，应用在泰州施工的各个方面，确保任何一场施工，都不会对电网安全造成破坏。

数字孪生是应用于电网管理的能源互联网技术创新，集成无人机的激光雷达、三维扫描等技术，建构地形、地貌、地物等三维模型，再通过机器人、物联网传感器、人工智能等虚拟映射目标仿真实物，实现高效管理。

泰州供电生运部主任姚建光指着一个玻璃水杯解释：“通过多种方式，用电子点云在电脑上形成一个和现场相同的杯子模型，然后通过物联网感知等技术，提供杯子里的水位、温度、颜色、味道以及水杯和周边物体的相互关系等。电脑里的杯子一旦出现异常，那么现场就会出现故障。数字孪生的直观便捷性，还在决策前置、风险防范、高效管理等应用中受到青睐。”

数字孪生助力线路无人巡检

6月17日下午，范梦妍忽然看到屏幕上出现了报警的信号。范梦妍是国网泰州供电公司智能运检中心的工作人员，这天正是她值班。根据电脑提示，“13时25分39秒，220千伏白界线2632的27号C相大号侧有异物挂线。”范梦妍随即点击查看该线路三维全息影像和现场监控视频，发现存在一处塑料薄膜异物挂线隐患，她立刻联系维修人员赶赴现场进行处理。同时，相应功能模块自动生成隐患标记，为日后历史数据对比分析提供依据。虽然这仅仅是一件小事，但是从“事无巨细”的角度出发，越小的事情，越能体现整个系统的敏锐度。不仅记录当下，更是为未来隐患扫清了障碍。

这就是国网泰州供电公司依托220千伏白界线试点建成的“数字孪生”智慧线路，能够及时发现处理任何一起异物挂线隐患。该项目基于数字孪生技术构建三维全息数字电网，并利用多源传感器实时感知线路运行状态，大幅提高无人巡检质效。只要一出现异常情况，立刻报警，还能通过监控视频，迅速将现场情况回输给后台，从而让值班人员一目了然。

数字孪生技术通过物联网、虚拟现实等数字化手段，将电力设备各种属性映射到虚拟空间中，形成可拆解、可复制、可修改的数字镜像。

2019 年 8 月以来，在国网江苏电力设备部的支持下，泰州供电试点启动基于数字孪生技术的 220 千伏智慧线路建设，依托无人机三维激光雷达扫描和建模，逐步构建全息数字化 220 千伏输电线路三维实景地图。

以往，输电线路运维大多依赖人工网格化巡视，缺乏有力的智能管控手段。工作人员不仅辛苦，也不可能做到 24 小时巡视，就会出现各种突发状况。数字孪生智慧线路建成后，结合可视化监控、机器人、无人机等手段，汇集微气象、测温、自动接地测量、杆塔倾斜等多源感知数据，统一接入输电全景管控平台加以分析研判，实时掌握突发性线路通道隐患、本体历史遗留缺陷等。目前，平台已具备杆塔资产管理、精益化管理、自主巡检、预警分析等功能，支撑线路无人化巡检各类场景应用。值班人员可通过输电全景管控平台，实时监测“数字孪生”智慧线路危险点、交跨情况，从而大幅缩短线路隐患及缺陷发现处置周期。

“数字能源地图”会说话

11 月 23 日，兴化市开发区管委会收到一张“数字能源地图”。地图按“选择板块”和“选择产业”，展现了园区 160 块全景地块图、390 多个高端商务楼宇、380 项特色招商载体、480 多家明星落户企业、360 多个产业配套、70 多项发展规划。30 多个园区功能平台，通过“数字能源地图”一目了然。外来的投资者，完全可以“按

图索骥”进行投资决策。

进园投资面粉厂二期工程建设的五得利集团兴化面粉有限公司总经理郭根民高兴地说：“这个会说话的能源地图成了最好的帮手，要不然，光是凭着自己的员工，一步步去摸索，一家家去寻访，还不知道什么时候能够做好呢。”

“数字能源地图”结合电网管理需要，在室内后台就可以对电网及相关现场实现立体化“全息”“全景”感知。如同孪生一样的活态虚拟数字场景仿真图，依托智慧城市（电网）业务中台，统一数据接口服务，推动供能企业与政府、用户间信息交互，构建信息共享循环，服务社会各方。

今年 11 月，长城汽车整体移址迁进滨江工业园，这是一项规模大、工序多、管道繁的工程，如果不能提前规划好，就会在日后的正式迁园过程中，造成不必要的麻烦和损耗。所以，在迁管、架线作能源保障时，规划部门要求看到入驻后的新廊道的立体图景。这可难不倒国网泰州供电公司的技术人员们，他们立刻通过现场建模加迁址后的数字孪生通道，将一幅逼真的画面，展现在专家们的面前。这样一来，就变事后补救为事前精准规划，降低了迁址风险，缩短了迁址工期。

诸如此类的案例比比皆是，数字孪生应用服务正在成为精准、节约、集约、高质量发展的新支撑。这种新技术的充分运用，能够在多个领域都做到“防患于未然”，各种“未雨绸缪”的方案，有效规避了在未来可能出现的问题，大大降低了风险，提高了效益。

○ 新基建：数字年代 勇立潮头

高山之巅，方见大河奔涌；群峰之上，更觉长风浩荡。中国的每座城市，都经历了新中国成立时的百废待兴，经历了改革开放时期的乘风破浪。站在时代的前列，泰州更是向着新时代的信息化城市发展。

数字时代的信息变化，往往以小见大。从2G到5G，看似不过一个数字的变化，实则代表着日新月异的信息奔流。在信息如同浪花翻滚、奔腾向前的大潮中，国网泰州供电公司，始终勇立潮头，见证川流不息。

2020年6月21日，在泰州110千伏鲍徐变电站内，3套5G通信射屏无线装置被安装至站内东北角高35米的无线专网通信杆塔上。这是国网泰州供电公司落实国家电网有限公司数字新基建，将通信基站融入变电站5G基站的一个实例。从此，多站融合，一站多能，充分体现了新基建运用的实用丰富性。

泰州供电通过先进信息通信设施建设、能源物联网（电力物联网）建设、能源大数据平台建设，实现能源基础设施的数字化，将5G、人工智能、智慧能源服务等，与电网业务模式深度融合，蓄势“新电能”，打造数字新基建的“泰州模式”。

就在2020年5月4日，在泰州市海陵区莲花一号区配电房，泰州供电与5G通信运营商合作，启动首个5G共享机房建设。

对于通信运行商而言，这无疑是天上掉下的一块馅饼。要知道，以往新建一个5G机房，涉及搜寻布点、改造电源、安装设备等，起码需要33万元资金，耗时30天。特别是在现代城市中，寸土寸金，想要找到合适的地点，谈何容易。不但一次建设的周期很长，而且成本也不低，这就成为城市5G网络快速发展建设的痛点、堵点。

考虑到通信运营商机房安全、接电容量、周边环境等具体需求，泰州供电拓展基础资源运营商务，挖掘盈利新增长点，与当地通信运营商联合推动5G建设，预计可开放全市约100处配电房，用于建设5G共享机房。

在共享模式下，由泰州供电提供的“一站式拎包入住”管家服务，极大缩短了运营商的施工周期，降低了城市通信基础设施建设成本。“现在这种共享机房3天内即可配置到位，建设周期缩短90%，节省了87%的资金。”泰州供电市场及大客户服务室副主任吴丽莉介绍。

将5G机房和配电房融合在一起，不仅要“请进来”，还要“服务好”。在后期运维中，泰州供电还将引入能源托管模式，提供24小时不间断供电、7×24小时代运维等服务，将5G共享机房纳入城市配电房整体运维体系中。这样一来，能够进入配电房的5G机房，真正做到了“省心省事省钱”。

据了解，泰州市现有电力杆塔、配电房等电力基础设施资源约2000处，按10%共享估算，可为全市提供200个5G站址，节约社会整体投资6600万元。这也是让“共享”的概念深入各行各业，让社会资源得以充分的利用。

◦ 新员工：智慧运检　神通广大

在生活中，我们经常会忽略身边正在发生的那些轻微而细小的改变。

那可能是一场春雨，润物细无声，等你发现时，整个泰州早已春意盎然，那是一种生机勃勃的绿，绿得鲜翠欲滴，绿得沁人心脾。

那可能是一阵微风，风竹敲秋韵，等你发现时，整个泰州早已秋意四起，那是一种傲霜菊花的黄，黄到落叶满怀，黄到微风微凉。

风起于青萍之末，我们很难注意，一些细小的变化，正在悄然改变我们的生活。比如人工智能，虽说现在尚未兴起如潮，却已方兴未艾。人工智能，已经悄然来到，并正在逐步走进人们的生活中。

对于一个行业来说，人工智能的诞生，是一个变革的大时代。利用好人工智能，就是赢得未来的关键一步。

近日，110 千伏罡杨变设备温度传感器发现 1 号电容器 1003 闸刀电容器侧 C 相连接排发热缺陷，值班员杨磊迅速开展复测，核实缺陷后拉停该电容器，并汇报调度封锁无功优化，避免设备带缺陷运行引发电网事故。这是国网泰州供电公司精益开展物联网建设应用工作，以智慧物联应用保障城市电力的一个缩影。

2018 年以来，泰州供电先试先行，开展物联标准研究和技术攻关，编制试点建设方案，启动“16 站 12 线”建设任务，全力推动物联成果为生产一线赋能，实现电网设备管理提质增效。两年来，泰州供电持续推进设备侧物联网建设应用工作，形成了一套易推广、可复制的“基层模式”。

在物联网建设过程中，诞生了一名“智慧运检员”，不妨可以看作是国网泰州供电公司的“新员工”。这是一套微型无线低功率传感器、无人机、机器人等智能装备，消防、安防设施是它的手、脚和眼，可以实现对电网设备状态和环境的实时感知和联动处置，基于标准通信规约的传感网络是它的神经系统，可以实现所有物联数据无障碍的汇集融合，物联网融合驾驶舱等信息系统是它的大脑，可以实现设备状态全面感知、综合评价和趋势预测。目前，“智慧运检员”已经在态势感知、智能替代和智慧联动三个典型场景中大显身手。这是人工智能在供电系统内的具体运用，别看目前只在三个典型场景里，在实际操作之中，其实已经有了足够多的改变。

态势感知守护设备安全

对于国网泰州供电公司职工输电线路运行维护人员陈晓而言，每年的夏季，都是一场不能掉以轻心的大考，也是一道难过的关卡。因为汛期来临，很多杆塔位于河流附近等易冲走的位置，地基不够稳定，在长时间河水的浸泡下，容易存在倾斜、倒塌隐患。过去，每当夏季大雨来临时，陈晓等工作人员都要赴现场对杆塔的基础逐一进行检查。这是一项繁琐而细密的工作，长时间的实地检查，也占据了工作人员大量的时间和精力。人员出行难、排查工作量大，是每年防汛工作的痛点。当然，这是一件必须要做的工作，否则在夏季暴风雨中，每根不够稳固的杆塔都是一个重大的安全隐患。

如今，工作人员无需东奔西走了。有了“智慧运检员”，线路运行人员再也不用冒雨排查，只需通过物联网融合驾驶舱就可以分析杆塔倾斜传感器数据，实时感知杆塔的运行状态和运行环境。

“智慧运检员”已经为输变电专业的防汛工作立下汗马功劳。关于这个，泰州供电变电运维人员何天雨最有发言权了，“智慧运检员”收到物联网融合驾驶舱中 110 千伏新区变水浸传感器发出的告警，查看详情后发现该站电缆沟封堵老化开裂，导致电缆沟进水受潮，何天雨随即进行处理，避免站内电缆浸水影响绝缘性能。

国网泰州供电公司根据应用需求，联合厂家开发水浸、水位、杆塔倾斜传感器，如同为设备安装一双全时段守护的眼睛，智慧赋能防汛工作。针对传感器采集数据回传难度大的问题，泰州供电搭建灵活自主、高效节能的组网方式，将前端数据传到物联网管理平台，平台对数据进行分析处理，对超过阈值的数据发出告警信息。

今年汛期，“智慧运检员”共发出变电站水位报警 1 例，水浸报警 12 例，复测准确率 100%，共取消 41 次人工出行排查计划，节省约 200 多个小时。别小看这小小的“智慧运检员”，最令人满意的答卷 100% 就是它们交出的。

智能替代有效释放人力

7 月 15 日，国网泰州供电公司在 220 千伏寺巷变 110 千伏设备区安装 51 台阻性电流传感器，并根据现场应用需求开发边缘计算应用程序，不停电、不试验便可知避雷器内部绝缘状态，实现了避雷器年度检测工作的人工替代。

避雷器是电网设备过电压防护的保护神，为检测它的健康状态，每年的雷雨季前，电网检修人员需要对变电站内避雷器进行带电检测，1 座 220 千伏变电站完成全部检测需要 2 个人工作两天。和防汛一样，这项工作在人工方面的要求非常高，要求工人经验丰富。这项工作特别占据时间，一点都含糊不得，尤其在集中检修期间，避雷器检测工作让一线班组用人更加“捉襟见肘”。阻性电流传感器的安装应用，让“智慧运检员”人工替代的工作维度得到进一步延伸，为一线人员减负减压。

阻性电流传感器通过记录泄漏电流数据，同时采集母线电压互感器的二次电压幅值和相角，并将数据通过汇聚节点上传到接入节点。泰州供电在平台里的边缘计算商店中开发了阻性电流分析应用程序，对相关数据进行计算，可以得到避雷器的阻性电流和相角，并拟合变化曲线，辅助判断避雷器内部故障情况。

泰州供电已完成7座变电站的物联网建设工作，并试点逐步取消避雷器人工检测工作，“智慧运检员”目前已累计节省变电检修人员约96个小时带电检测时间。人工得以释放，让宝贵的人工，施展到更需要的岗位上去。

智慧联动就地处置异常

7月18日，泰州地区突降大雨，“智慧运检员”发出“白马变110千伏正母压变端子箱内湿度告警”信号，变电站三箱加热器自动控制应用发出“启动加热”信号，观五运维班值班员足不出户，端子箱自动完成加热除湿任务。这就是“智慧运检员”更加先进的一个技术，不仅能够及时报警，还能自动处理相关的故障，这样的人工智能，值得给它点赞。

每年梅雨季节和寒潮来临之前，变电运维值班员需要将所辖变电站的端子箱、机构箱内的驱潮加热电源投入，而在迎峰度夏期间则要将电源分开，从而保证设备运行环境良好。以前，人工反复投切加热电源的工作量大，且容易出现遗漏。

因此，泰州供电出动“智慧运检员”，将端子箱、机构箱内的温湿度传感器与加热空开联动，使其具有无线投切功能，结合自主开发的APP实现箱内温湿度的精准控制。此外，“智慧运检员”还将水位传感器与站内排水系统相连，当水位超过警戒值时，自动启动水泵进行排水，保证汛期站内水位正常；实时监测烟雾浓度和火灾状态，实现火灾事故快速处置。这样的设置，会让“智慧运检员”的工作，比人工更为准确，更为高效。

“智慧运检员”的联动功能在现场应用落地，每座变电站每年仅投切加热器电源时间便可以节省约 2 个工作日，持续近 1 个月的人工启动水泵工作也成为历史。“智慧运检员”实现了设备异常就地处置，设备运行环境自治，运维一线值班员则可以将更多精力投入保障电网安全中去。

这就是国网泰州供电公司的“新员工”，它们默不作声，它们勇担重任，它们的出现，弥补了原先人工的不足，而越来越多人工智能的出现和使用，也会让泰州供电系统更加先进，更加走在时代的前列。

○ 新运维：员工进驻　服务到家

这是一个“融”世界。

从融合到和谐，是世界的主旋律。

在这个世界上，没有一个人是彻底独立的存在，我们必然要和其他人产生关联，家人、朋友、同事，甚至是陌生人。这种“融”，可能是命中注定的相遇，是你在漫过世界的荒野，迎面遇见一个人，相视而笑，“咦，原来你也在这里”。

同样，没有一家企事业单位，是可以单独存在的。在运营的过程中，很多具体的工作，都要和上下游相互连接，相互融合，这种融，是互利，是双赢，是一起向未来的携手同行。

进驻外包运维　难题迎刃而解

“最近这段时间，下班时间怎么比以前晚不少了？工作这么忙吗？”刘力的妻子问道，“饭烧好了，都放在电饭煲里一直加温等你。”

刘力笑道：“我现在上下班时间长了呀，以前就是在市区公司上班，现在一下子跑远了，要去郊区的泰源公司呢，这一来一回，可不要多费点时间？再说了，才去一家新单位，不要表现得好一些？”

妻子不理解：“你放着好好的供电公司不做，去其他单位干什么？”

刘力只能继续解释：“我现在属于进驻外包运维的员工，正常都要到其他单位去的。”

刘力，国网泰州供电公司的一位员工。以前，他的工作就是负责各种外包运维单位，为其他单位输送电力之后，对方单位往往没有专业的供电人员，遇到问题或是日常维护时，这就需要向国网泰州供电公司“求援”。但凡遇到这个情况，就是刘力最忙的时候，人员本来就不算多，一遇上夏季检修等高峰期，人员用工方面，难免捉襟见肘，疲于奔命。对于本公司的员工调配，以及外包运维单位的具体工作，都是一个现实的难题。

如今，随着 5 名专业员作为驻点负责人分别进驻到 4 家外包运维单位，这样的难题就迎刃而解了。这 5 名驻点负责人平时就在外包运维单位里，遇到什么问题，随时都能解决，还能消除很多潜在的隐患，这获得了外包运维单位的一致好评。

外包运维，是国网泰州供电公司的一项优质服务。供电公司不仅给各家生产企业提供电力服务，还要负责日后的正常维护保养。5 名员工进驻外包运维单位后，就能更好协调各运维区域工作高效开展，提升运维管理水平。

提升运维工作质量　落实各项管理举措

4 月 9 日 10 时，塘湾镇 10 千伏周科线出现了电力故障，这样一来，至少要影响周边企业的正常用电。国网泰州供电公司立刻安排配电运检室带电作业人员前往现场检查并进行维修，当作业人员抵达现场时，进驻运维单位的人员，已经到达了现场，并开始了维修前的准备工作。同事们这一相见，合作更加默契，很快便处理好了故障。整个流程，简便快捷，大大节约了时间。

“过去，一个作业班组的班长对接 4 家运维单位，负责制订工作计划、安排作业任务，工作量大，效率低。因为一个人的精力有限，在正常工作之外，还要兼顾这些，难免有疏漏之处。现在驻点负责人直接参与运维区域的管理，能够有效协调工作安排，跟进各项运维重点工作实施，架起供电公司和运维单位间的桥梁。”国网泰州供电公司配电运检室主任刘学介绍。驻点负责人进驻运维单位后，能够及时梳理运维单位的工作情况，对于单位的用电情况了如指掌，迅速列出工作清单，合理安排带电班组完成消缺任务，并定期反馈工作进度。各运维单位在驻点负责人的协助下，隐患处理速度较以往快了近1倍。

为提升运维工作质量，驻点负责人在运维单位落实各项管理举措，运用生产辅助、痕迹管理等智能系统监控运维巡检情况，检查工作质量；在巡检周期内抽查运维线路，提出考核意见，提高工作质量；严格把控自动化运维、不停电消缺、物资到货、储备项目进度等，推进运维单位工作。这些人员进驻到各家运维单位后，如同一管管润滑剂，让整个单位的工作，变得更加顺畅起来。

没有经过太长的时间，在驻点负责人的协助下，4家运维单位累计发现并处理线路鸟害点1702处，局放检测异常数据超过90处，全天监控外破危险源点107处，站所防汛排查1079处。如果没有及时发现，这些隐患点都有可能造成不可逆的事故，增加供电公司的工作难度。自从有了驻点负责人，他们的整日忙碌，终于将这些隐患一网打尽，既消除了运维单位的用电隐患，也减轻了供电公司的工作压力。

形成闭环管理　提升管理水平

驻点负责人除了承担国网泰州供电公司与运维单位的沟通协调，还有很多具体的事情，他们分工负责配电架空线路、配电自动化、配电线路通道、配电电缆线路、配电极端天气线路、客户内部故障防治、配电带电检测等7个运维保障专项工作。驻点负责人之间相互监督，保障各项运维工作落实到专人。每位负责人都有专项的工作，大家的工作集合在一起，就构成了一张密不透风的安全用电网络。他们之间相互合作，相互协调，就能让运维单位的运行，不会在用电方面出现问题。

“目前我负责的运维区域内共排查了外力破坏危险源点 12 处，防汛隐患 11 处。”4 月 10 日，一名驻点负责人向国网泰州供电公司配电运检室报告工作情况。得到报告之后，配电运检室的负责人迅速安排相关人员进行配合，他们前往现场，配合驻点负责人进行具体的消缺工作，消除这些隐患后，还要做好标识，以便在日后的巡查过程中，继续进行重点关注。

这五位驻点负责人进驻运维单位后，在督促做好防外力破坏、带电检测覆盖等工作的同时，还需每日总结驻点运维单位工作情况，定时向国网泰州供电公司配电运检室报告。配电运检室负责人听取驻点负责人在各运维单位遇到的问题，帮助他们解决工作流程中的困难，改善运维单位的工作计划执行、专项工作落实以及隐患缺陷整改情况，形成闭环管理。这样一来，有效提升了国网泰州供电公司供电区域的运维管理水平。

“近期我们要排查梳理运维区域内所有客户的开关，尤其是老旧的、绝缘化程度不高的开关。”4 月 13 日 21 时，负责客户内部故障防治的驻点负责人刘力在专项运维微信群里总结工作重点。他接手客户内部故障防治运维保障专项工作后，分析故障发生的根本原因，组织驻点运维单位排查整改客户用电设备存在的隐患。仅仅两天时间，运维单位对客户开关本体排查共 243 次，消除隐患 26 次。他在自己负责的领域尽心尽力，同样在其他领域，别的驻点负责人提出工作要点，他也会积极配合。

“近期企业大批量开工，我负责的泰源公司在加强电缆线路外破隐患源防治巡查工作。”2020 年 4 月 16 日 21 时，国网泰州供电公司配电运检室负责人刘学与选派的驻点负责人准时通过微

信群交流当天的驻点工作。

这 5 名员工作为驻点负责人进驻 4 家外包运维单位之后，协调各单位工程、管理、物资等方面的工作，落实专项运维保障工作，助力配网运维管理提质增效。一天忙碌下来，最后一项工作都是要总结报告当天的情况，并在微信群里向相关负责人汇报。这就让整个流程非常合理，员工虽说派驻在外，但是公司必须知道他们的具体安排，也好对他们的未来工作进行明确的指导。公司内外形成合力，共同推动国网泰州供电公司和多家外包运维公司的协同发展。

○ 新机器：多专多能 尽在一机

每座城市，都是一个国家的缩影。

从新中国成立，到改革开放，我们见证了一个国度在东方崛起，迈向伟大复兴。

在中国的每寸土地上，都在发生着翻天覆地的变化。农村里的麦浪滚滚，飘扬着国泰民安的巨大幸福。城市里的日新月异，彰显着大步向前的国家步伐。

在泰州，可以看到一栋栋楼房拔地而起，一条条高架横空出世，一个崭新的泰州，正出现在世界面前。倘若您是一位外出游历的游子，多年之后回到泰州，让您熟悉的是未改的乡音，不熟悉的就是泰州城市的巨变。曾经住过的民宅，现在已经是整体规划的高档小区；曾经走过的巷道，现在已经是纵横半空的快速道路。

这座城市里的每一点改变，都离不开进城务工人员的付出，他们用青春和汗水，浇筑出一个新的泰州，新的城市。对于他们的付出，泰州也在用更宽厚的情怀，去温暖他们的内心。

无人机是空中“安全卫士”

孟子华，来自贵州，他是一名吊车司机，来到泰州工作已经有 10 多年了。因为操作技术过硬，所以每次重大市政项目施工，他都能得到一份上岗的工作。最近，他正在泰州市姜堰区 G328 南绕城快速化改造项目中忙碌。

一天，正当他坐在吊车驾驶室里，聚精会神进行操作时，耳边突然响起了一段提醒：“师傅，施工安全距离不足，请注意避让高压线！”

原来，他的吊车已经靠近了110千伏高姜877线37号塔，吊车的半空施工作业，很有可能会与高压线碰撞，倘若事故真的发生，后果不堪设想。空中飞行的无人机在巡检途中及时发现安全隐患，随即“喊话”提醒。

孟子华感慨地说：“巡检无人机成了咱们身边随时出现的‘安全卫士’，让空中作业安全无忧！在这样的城市里，参与施工建设，是一种福气。”

确保项目施工“一路绿灯”

陈良（化名）是国网泰州市姜堰区供电公司的一位巡检人员，说起自己的工作，之前难免有些叫苦，有时就是凭着心中一股热爱，才能坚持下来。

姜堰共有73条输电线路，总长约733千米，且沿线地形复杂多样，有的穿越河沟湖泊、偏僻荒滩，相较之下，巡检员却只有10人，一年到头，这些巡检员奔波在外，仅靠一双“铁脚板”，有着难以想象的难度。但是这些输电线路又不得不巡检，因为它们保证着一座城市的安全用电。所以，陈良等人只能咬牙坚持，无论寒暑天气，无论晴雨气候，都要辛苦地跑在路上。

如今，国网泰州市姜堰区供电公司创新工作理念，紧跟“智能运检”时代潮流，采用人机协同巡检方式，开启智能化巡检模式。去年下半年，该公司购置4台精灵四RTK无人机、1台无人机夜间照明设备，成立“姜电飞鹰”——运检部无人机应用中心，备战姜堰南绕城（盐靖高速至新229省道段）快速化改造工程PPP项目（以下简称“南绕城项目”）。

该项目建设内容主要包括快速路系统（G328段与溱湖大道段）和配套交通综合体，全长约6.65千米，总投资约28亿元，采用

“BOT ＋使用者付费＋可行性缺口补助”模式，建设期3年，是泰州市交通运输史上第一个采取PPP模式的重大基建工程。

“项目开工，线路规划，无人机先行。”姜堰区供电公司运检部“姜电飞鹰”队精选4名骨干，两两一组，分别担任无人机操作手和观察员。只要天气状况良好，他们就会带着无人机到项目现场，即便假期也没停过。在施工现场，随着一架架小飞机的腾空飞起，伴随着整个工程的平稳推进。

“南绕城项目涉及的巡检测绘线路有110千伏高姜877线、高堰878线等6条，总路径长约10千米。”“姜电飞鹰”队员夏嘉鹏说，这是他们首次应用无人机服务重大项目，前期仅需一次手动飞行，无人机即可记录飞行航线，确保无人机一“键”起飞，自动执行巡检测绘任务，全程仅需15分钟就能完成现场影像采集、视频录音等数据物证留存，便于精准规划进出场路线，布置牵引设备，确认前后期工程量，保障各项方案、规划、流程最优，全面管控施工进度、施工质量和施工安全。

站在一旁的陈良，也是颇为感慨。按以往人工方式，一位巡检员最快需1.5小时才能完成一次快速化巡检，而且难免会有巡视“盲点”，无法查出所有隐患。特种车辆在高压线下进行作业，巡检员必须到场才能发现，然后绕到机前大声通知。这样一来，所有的隐患都能在无人机的视角中一览无遗，遇到特种车辆的危险操作，无人机能够在空中对驾驶员进行喊话，避免了安全隐患。

比如在5月14日上午，一个施工小分队存放工具不规范，无人机当场空中盘旋“喊话”，直到确认工具摆放规范才离开。“到目前为止，无人机巡检测绘南绕城项目共发现40多个问题，并通知施工人员及时纠正，确保了项目施工‘一路绿灯’。”夏嘉鹏说。

“无人机的使用，大大减轻了我们的工作压力。而且不得不服气，就是无人机的效率比我们人工高多了，还准确多了，高科技的确释放了人工，也让我们轻松多了。”陈良说道。

无人机智慧巡检无所不能

和陈良有着相同感触的，还有30岁的登塔工杨兴明。登塔工，顾名思义，就是要爬到输电铁塔上，进行维护维修的工种。

姜堰有35千伏以上1785基输电铁塔，像杨兴明这样熟练的登塔工，也需要45分钟才能巡视一基杆塔。在姜堰地区，6名登塔工难以面面俱到，只能对现有线路进行抽检，不可能对所有的输电铁塔都能检查清楚，难免有些安全隐患存在。

对于自己的这份工作，杨兴明用了“脏、苦、累”来形容。要知道，这些输电铁塔都在荒郊野外，平时人迹罕至，走过去就要花费很长的时间。有时，还会被野生动物袭击。在铁塔上，常常有不少昆虫钻进衣服里，浑身奇痒无比。如果遇到特别糟糕的天气上塔巡视，就更加增大了操作难度。

“说实话，这份工作的危险系数不低，可是我们心中，因为有一份热爱，无论多么艰苦，我们都会坚持。”杨兴明说。

但是这份“脏苦累”工作，随着无人机时代的到来，也将成为历史。使用无人机仅5分钟就能全方位巡视一基杆塔，基础、塔身、导线、绝缘子、防震锤、耐张线夹、悬垂线夹等容易发生事故的关键部位，识别拍照全面覆盖，清晰可见，这可是人工拍照无法做到的。

无人机还能提前找出潜在缺陷，诸如基础塌陷、水土流失等问题，对症下药，丝毫不受路面影响。此外，无人机还可识别人为设备、偷窃、树木放电、雷击、污染、雾气等引发输电线路性能下降的问题，比如清理输电线路异物挂线，以往传统人工处理时间需 5—8 小时，且线路必须进行停电申请，而利用无人机带电作业 15—20 分钟即可消除。

“不仅仅是工程，还有电力设备巡视与维护，无人机智慧巡检无所不能，一机多能，精准消缺，高效无比。”夏嘉鹏说。

只有想不到，没有做不到

“只有你想不到的，没有无人机做不到的。”姜堰区供电公司总经理姚维俊说。在这几年的疫情中，无人机的表现更让人刮目相看。有些员工不能出门上班，但是无人机就没有这样的困扰了，封路不封巡，停工不歇查，无人机们确保了姜堰电网安全稳定运行。

截至目前，姜堰无人机共计巡检消缺 200 多处，实现超 700 天零外破、超 500 天零故障运行的良好局面，累计每月节约费用约 8 万元，使运行成本降至最低。

下一步姜堰区供电公司将加大无人机应用力度，淋漓尽致地发挥无人机的多项功能，不断增多无人机的应用场景，全方位巡检电网设备，引领电网走进绿色智能新时代。

○ 新保障：依法护电　打击犯罪

电力，已经渗透在泰兴市的大街小巷里，这座城市的炊烟袅袅，日夜作息，都与电力有关。

清晨，打开沉睡一夜的房门，推着充好电的电动车，加入大街上的车水马龙上班潮中。泰兴不算大，在气候宜人的时候，骑电动车有时比开汽车还要方便，顺便看一看街边熟悉的花草树木，

张辉在反窃电现场进行电流比对

什么时候又绽放出新颜来。

到了办公室，打开电脑，开始一天的工作。报表、文档、计划书……在泰兴做一名白领，工作并不比大城市里轻松。任何一个字节，都要保证不出疏漏。

下午茶时光，咖啡机散发着浓醇的香味，这种饮料，足以驱散一整天的疲惫。

晚上下班了，骑车穿行在灯红酒绿的街道上，一切都是富足安康的模样。

一天的日常，都和电有关。而电力其实也需要保护，任何一种资源，无论是自然的还是人工的，都需要呵护。人人配合，才能让电力为一座城市的长久平稳运行，不断输送强劲的电能。

好在泰兴向来是一座祥和之城。截至 2020 年 7 月 22 日，江苏泰兴市境内 35 千伏以上电网实现安全零外破，电网续写安全生产长纪录（连续安全生产 7864 天）。国网泰兴供电公司以电网长治久安为目标，多形式开展依法护电、多层次组织护电教育，不断营造依法护电浓厚氛围，更是为夏季的防汛和战高温电网安全保驾护航。

剑指线下树

“这是我家祖坟坟头上的树，不能动！不能动！”

7 月 16 日，在清理泰兴市新街镇境内 500 千伏兴州超高压输电线路 30—31 号塔段下“坟头树”时，树主人鲁某及其家属拒不配合，阻拦作业人员执行。

“不作兴的，坟头上的树要是被拔了，不但祖宗会怪罪，还会对我们这些后辈的未来造成坏影响。”树主人鲁某一屁股坐在坟头上，坚决阻止施工。

“为这柳树修剪的事，我们供电护电人员在 3 月 5 日、6 月 8 日和你们孔叶村党支部书记叶玉年一同两次将相关法律精神以《电力设施安全隐患整改通知书》的形式书面送到了你们手上，我还当面向你们宣讲了相关法律精神。”国网泰兴供电公司输电运检员朱岩泉迎上前去说。

“现在我向你宣读的是 5 月 1 日正式实施的《江苏省电力保护条例》第三十六条第二款相关的内容：‘在电力线路保护区内，已有的经过修剪的植物自然生长后可能危及电力设施安全的，所有人应当及时修剪。合理期限内仍未修剪时，供电企业可以进行修剪，并不补偿植物的相关费用。’”该公司输电运检班班长许佳拿着“执法通知书”继续说。

可是鲁某对这些法律条文，根本充耳不闻，他就一门心思护着树，谁说都不行。眼看硬的不行，只能动之以情。朱岩泉俯下身子，蹲在他的身边，从破除封建迷信开始说起，晓之以理，一个多小时后，才做通了鲁某的工作。

国网泰兴供电公司进机关到社区，下村组到农户，特别是在沿 101 条输电线路两边发放《泰州电力保护条例》《江苏省电力保护条例》等小册子 2000 多册、护电宣传画 5000 多张、制作护电小视频 30 多个、通过广播电视、“智慧泰兴”政府官方网站常态化推送护电知识逾百次、举办护线员培训班 4 次。一轮轮的宣传过后，终于让护电的政策深入人心，很多农民都自发行动起来，加入护电的行列中来。

“呵护”垂钓人

在泰兴市姚王镇境内，曾有过一个远近闻名的钓鱼台，附近的钓友们都会扛着鱼竿，来这里钓鱼，期待收获满满地回家。

但是，在 5 月 16 日，原先挂在一旁的“钓鱼处”小指示牌，忽然被换成了“高压危险禁止垂钓”的大警示牌。这张警示牌一挂出来，很多钓友只好悻悻地回去了。

该鱼塘主从复工复产热中迎来了疫情下的休闲业商机，算出了办钓场比养鱼更挣钱的精明账。5 月初刚开业，果然引来了一批垂钓发烧友，可正当钓友们要各显神通施展钓技的时候，护电巡视人员赶到现场阻止了危险的垂钓。原来，这个鱼塘处于 220 千伏兴白线 28—29 号段线下，钓鱼是十分危险的行为，经过执法人员的执法，违规钓鱼台终于全部拆除。

“鱼塘是我包的，经营什么是我的自由！现在政府保护复工复产的发展，我犯了哪条法啊！”鱼塘主黄某坚持说。随后，市发改委及姚王镇镇政府护电小组成员找到了鱼塘主，向其送达了今年 5 月 1 日实施的《江苏省电力保护条例》，并由供电公司护电人员再一次给鱼塘主当面讲解《江苏省电力保护条例》第三十五条第二款“不得在架空电力线路保护区内垂钓，组织经营垂钓活动”的内容，令其立即停止经营，拆除电力设施保护区内的 11 座钓鱼台，并要求其签订了不得在保护区垂钓经营、共同护电守法经营的协议书。在法律面前，黄某也只能低头。

为全面做好防钓鱼触电工作，国网泰兴供电公司组织员工对所有跨越水库、鱼塘及沿线电杆进行“拉网式”巡视，在裸导线下安装防钓鱼限高门 25 组，完成水面上方绝缘化改造线路 10 条。为 20 处鱼塘安装监控装置和静电感应报警装置、补装“高压电危险”“守法经营”鱼塘警示牌 610 多块、拦河网加装达 1200 米。这样一来，这片区域内，再也没有发生过违规钓鱼的事情。

“现场”死看守

“停！停！停！”6 月 17 日华灯初上，在大庆路市政改造现场，泰兴供电公司运维班班长邹金明及时拦住了正在作业的 20 吨吊车。

“师傅，你的上方有 10 千伏线路。根据《江苏省电力保护条例》第三十六条规定，可能危及电网安全的起重机升降机械进入架空线电力线路保护区内作业，应当经批准并采取安全措施后方可进行。”邹金明严肃地指出，“你这是违法施工，情节严重可能会依法吊销你的驾驶证！”

“是我疏忽了！没想到，你们晚上还看守……”面对指责，吊车驾驶员从牙缝里挤出几个字，脸上还有一丝没有侥幸得逞的遗憾。

“安全可不能存在任何侥幸心理。”在交涉后，邹班长在停止施工的吊车驾驶室内贴上了一张“电力保护学习要点”小贴士。

当时，泰兴市为推进城市升级，今夏起启动了“市区九横九纵道路改造工程”。为了抢工期，施工单位常常挑灯夜战。少数吊挖机械作业人员在安全措施上图省事、怕麻烦，成了今夏电网安全的动态隐患。为确保迎峰度夏用电和安全，该公司从工程施工实际出发，在相关施工点动态设置了10个看护点，实行24小时不间断看守。与此同时，该公司负责人专门到泰兴市特种车辆管理科，向相关培训人员赠送《江苏省电力保护条例》等护电学习资料，并就施工作业机械误碰、误挖电力设施和依法护电等进行了深入讨论。通过协商于7月3日，举办了两期共37人参加的特种作业车驾驶人员护电培训班，进一步筑牢电力设施保护防线。

大数据精准打击

既有积极参与护电的，也有屡教不改，还在偷窃电力的。2020年5月10日晚8时许，国网泰州供电公司组织反窃电研判团队16名专业人员，开展当年第九次反窃电现场突击检查。该团队依托多专业协同下的大数据分析，打破了传统反窃电“单兵作战”工作模式。仅今年4月以来，团队精准主动出击，已查处窃电70起，挽回经济损失20多万元。

以往反窃电工作中，营销人员仅能依靠计量异常数据、高损线路等途径，发现窃电行为后进行现场核实，及时性、精准度均有待提高。2019年以来，国网泰州供电公司从各部门单位抽调27名业务骨干，组建反窃电大数据研判团队，并下设数据分析、现场行动2个工作小组，打通用检、线损、计量、稽查、配电等不同专业，联合开展反窃电研判检查。

国网泰州供电公司营销部市场及大客户服务室副主任王进介绍，在这一团队模式中，数据分析组综合利用负荷控制系统、用电信息采集系统等开展数据综合比对分析，根据异常指标初步筛查出疑似窃电用户，纳入定向分析和重点监控。现场行动组则根据疑似窃电用户清单，针对性进行实地勘验，精准锁定目标对象。

2020 年，该团队与泰州市公安局联合开展“反窃电专项整治活动”，收效显著。4 月 8 日，反窃电团队通过大数据分析发现，双许 282 线存在线损异常。当天，数据分析组成员立即召开研讨会，结合企业用户的生产流程及工艺、负荷性质、变压器容量等信息，确定某锻造厂存在较大窃电嫌疑。经过 3 天的重点监控，发现该用户上午 9 点至 10 点用电负荷最大。现场行动组根据这一用电时段规律，联合公安部门及时赶现场查处，成功破获一起涉及电费金额 28 万元的“比特币挖矿”窃电案件。当月，当地法院对违法窃电人员进行公审审判。从窃电行为发生到被查处，仅用时半个月。

进行计量数据异常在线分析

精准打击形成了有力震慑，泰州地区窃电发生率显著降低。2020年以来，国网泰州供电公司已处理完成窃电案件52起，补缴电费61万元，追缴违约使用电费183万元，比去年同期下降40%。

○ 新时代：数据开启　智能之门

这个时代，正在以肉眼看不到的速度，一路向前狂奔。

当你打开手机时，有可能你就被一个大数据的网络“套牢”了。或许你正在淘宝购物，等再次进入时，会发现首页都是你想要的商品；或许你正在刷着抖音，一条条足够吸引你的内容出现，会让你沉浸其中，不可自拔。

毫无疑问，大数据正在改变我们的生活。对此，我们似乎也没有丝毫怀疑，而是义无反顾投入大数据的怀抱之中，我们乐于享受大数据所带来的快乐。虽然简单，却足够强大。

而当大数据正式运用到电网建设中时，的的确确能够带来真实客观的效益。或许，当下，正是我们敞开怀抱，拥抱大数据的时刻。

一扇智能规划的大门，正在大数据的引领下，悄然开启。面对未来，是足不出户可览全市电网的便捷，是移动终端可操交互共享的运用。

应用系统　可见全市电网网架

陈新利是泰州供电经研所的一位专责，这一天，他得到一份特殊的邀请——前往国网泰州供电公司发展部，成为该部第一批体验者。在发展部内，当工作人员打开泰州市规划移动应用系统，陈新利等5名专责不由得从内心发出一声赞叹，原来在电脑屏幕上，就可以清晰地看到电网网架及规划区域的地貌，包括电网可能经过的地面、房屋、道路、河流等，精确度达到“米”级。那些本来需要进行强行记忆的线路，就如此轻松地一目了然了。而当手指轻触屏幕上的任一线路，就会出现一系列详细的数据，那就是该线路相应的电压等级、线路长度、起点、终点电站等相关信息；切换图标，可查看电网概况、电网规模、评估指标等情况。

“这是国网泰州供电公司开发的规划可视化移动终端页面，打开它就等于手握一份泰州电网网架的电子导览图。通过该平台看到的电网布点，比身处现场视角更加广阔、清晰。规划人员在平台内即可实现‘图上选址选线、图上规划方案编制与评审、电力线路迁改工作’，有效缩短项目落地周期，节约踏勘和设计成本，电网规划的效率和可靠性都得到提升。”国网泰州供电公司发展部规划专责段小峰介绍，“今后进行电网选址，能够更加精准，因为图上选址选线，附近的地上建筑也是尽收眼底，不仅对于现有的选线有帮助，更能避免未来的隐患。”

近年来，随着内外部环境的变化，对电网建设工程从规划到建设投产全过程周期、变电站选址和线路走廊提出了更高要求，如何科学地进行选站选线，有效避让矿产、环境保护区等敏感因素，提升布点、选站选线等规划业务工作效率和成果质量变得至关重要。泰州供电积极开展移动终端研究应用工作，充分发挥大数据在电网智能规划方面的出色应用，从现场实地勘查，到手机即可进行规划辅助选站选线，实现了电网工程的智能规划效果。

移动终端　实现配网规划可视化

随着移动互联网时代的到来，移动作业可方便的远程协作办公，移动办公能够一定程度上达到及时、准确、全面地将情况反馈给管理者或生产者，不仅缩短了距离，更提高了效率。

针对电网规划和前期工作人员进行项目现场勘查过程中信息化、智能化以及电网 GIS 平台支撑不足，泰州供电结合目前配电网规划信息化建设成果，研究通过规划可视化移动端技术提升规划效率，实现移动规划数据接入、构建移动端规划 GIS、综合查询或者定位、电网规划分析、GIS 数据在移动设备和 PC 端的交互共享等应用。

基于电网大数据，泰州供电以可视化的地理信息系统为基础，将市域电网主干网架全景再现到终端上，通过科学的数据分析，建立数学模型，辅助选址选线工作，实现了将业务应用系统向现场延伸，提高电网规划前期勘查、设计、预测、评估的工作效率和水平，使业务人员能随时掌握电网的拓扑、分布及设备设施的各种属性和实时信息，大大提高设备查询、统计的效率和直观性。

同时，基于电网规划的移动终端组件需要实现规划数据接入，构建移动端规划 GIS 等功能，无需在移动端建模便可实现便捷地远程协作办公。泰州供电根据现有国网统一的设计路线及技术要求规范，在保障地图资源等相关 GIS 数据，以及电网设备等高机密数据的安全性的前提下，设计了一套合理的技术方案，保证架构的合理性和数据的安全性。该系统同时实时地支持地图和电网的展示，以及二者间的数据交互，实现将一些日常工作向移动终端的转移。

信息融合　移动选线更高效

目前，电网规划工作过程中，选址选线多为先进行室内比选拟定站址和路径，再多次进行项目现场踏勘确认、反复比选后形成推荐方案，极大地增加了工作周期。泰州供电开发的移动终端能使各规划专业人员在现场勘查时，快速、准确地查看设备现场信息、空间地理信息、电力设备拓扑信息、现场周围环境信息以及对应专题图信息，提高工作效率及工作质量。移动终端为电网规划的落地和现场踏勘提供了全新手段，提高了全市电网规划环境信息的综合描述能力，提升了布局规划成果的可行性和准确率。

在具体工作中，由于电网规划和前期工作人员进行项目现场勘查需要电网 GIS 系统的支持，但现有电网 GIS 平台采用 B/S 模式，仅能在连入公司内网的电脑上运行查看，无法满足规划人员现场勘查的需要。对此，该公司相关部门结合地图资源等相关 GIS 数据，借助移动终端将规划业务向现场延伸，突破了空间的限制。

同时，目前业内大多数移动作业厂商均以传统移动作业业务（巡视记录、到位监督、拍照、设备管理、营销抄表）为核心展开，未能将电力 GIS 系统与移动终端有效结合，不能展示电网的拓扑、设备台账、环境信息、各类专题信息等有效信息，缺少对电网规划的支持。泰州供电通过跨部门跨业务数据融合，并结合卫星影像、坐标定位、三维仿真技术、统计测量、数学规划及多种电网大数据的智能选址选线方案，从而提高工作效率。

泰州供电结合电网规划的移动终端组件基于电网大数据的原理，以可视化的地理信息系统为基础，将市域电网主干网架全景再现到终端上，通过科学的数据分析，建立数学模型，辅助选址选线工作，实现了将业务应用系统向现场延伸，提高电网规划前期勘查、设计、预测、评估的工作效率和水平，使业务人员能随时掌握电网的拓扑、分布及设备设施的各种属性和实时信息，大大提高设备查询、统计的效率和直观性。

智能规划　推进配电网智能发展

电网规划移动终端平台将跨部门和跨行业大量数据信息整合起来，给出信息化、可视化、交互性和智能化的决策供规划人员参考，大大增加了配电网智能规划的能力，对配电网智能发展有重要意义和应用价值。

泰州供电通过积极开展配电网网格化单元制规划，根据政府控制性规划，优化供电范围，构建标准网架，提前网架延伸，预留容量裕度，梳理电力廊道，探索利用人工智能方法辅助规划工作，实现规划过程信息化、规划决策智能化、规划成果可视化，并积极思考和创新，研究规划成果在公司全流程工作中的应用场景，目前泰州供电在基于 GIS 的配电网规划信息化应用方面，初具成效。

接下来，泰州供电将全面推进移动端组件技术的应用，不断提升配电网规划信息化水平，继续不断探索基于 GIS 的配电网规划成果应用场景，提升公司配电网智能规划、精益管理水平，促进电网规划与城市发展有机衔接，共同推进电网发展和社会进步，这就是高科技赋予现代生活的便捷，在你看不见的地方，一场大数据改革，已经悄然改变了所有人的生活。

○ 新帮手：智能飞行　保电巡检

科技改变生活，越来越多的新鲜事物诞生，人们从起初的惊愕和讶异，到现在的习以为常。比如无人机，从开始的“摄影专属”，到现在的“各行各业”，无人机的使用，“不是人工，胜似人工”，无人机在保电特巡方面，正在成为不可替代的新帮手，发挥着日益重要的作用。

“保电网安全，是我们战疫情、助复工、稳发展的责任，我们要谨慎再谨慎，不放过任何一个细节！”2020年2月18日，国网泰州供电公司无人机飞行大队大队长张韧在开工动员会上提醒道。当日，该公司输电智能运检中心派出了5架无人机飞行组开展保电特巡。

放在几年前，可能在张队长的讲话中，还不会出现“战疫情”这三个字。然而，就是在这几年时间内，疫情的出现，已经彻底扰乱了人们的正常生活。

而在抗疫尚未成功的当下，保证电力，何其重要。不仅要保证各种医疗产业的正常生产，为抗疫不断输送医疗设施，还要积极参与到各种抗疫防疫的行动中去。

防疫期间，国网泰州供电公司从线路邻近“防疫卡口”实际和复工复产等用电需要出发，启动“可视化＋移动作业＋护线网络”和“巡检员与无人机的‘人机协同’巡检实践”，减少人员接触，助力电网线路安全稳定运行。

“硬核”无人机飞越“卡口”喊话阻钓鱼

“喂！各位垂钓高手，我是供电公司巡线员帅斌。现在疫情期间，瞎溜达是不对的，在高压线下钓鱼就更不对啦！《泰州电力保护条例》规定：‘高压线下严禁垂钓’，请你们立即离开！感谢配合！”

听到天上突然响起的高音喇叭广播，在河边两名结伴的钓友，先是抬头张望，看到半空飞翔的无人机后，这才迅速从“高压线下严禁垂钓”的警示牌旁边离去。

这是国网泰州供电公司巡线员以无人机喊话方式，用“人机协同化”解决的一次风险。

当天，国网泰州供电公司输电运检室巡线员帅斌在接到线下驱钓通知后，立即趋车赶往钓鱼点。但是在距离钓鱼点一公里处时，他却被一辆防疫卡点的大型拖拉机拦住了去路。在抗疫的过程中，道路不通畅是常事。这时，帅斌不慌不忙地拿出无人机，装好喊话模块，2 分钟不到，他就操控无人机飞到 500 千伏江港—都港 141—142 号塔下钓鱼者上空喊话。

像这样的场景，在当天就出现了 6 次。属地的护线员，有时不能顺利抵达现场时，就会使用这种“飞越法”，成功驱离电力线下钓鱼的高危行为，也让护线员们的工作，更加精准直接。

“空地一体”巡检，“属地保障”更严密

“这只挂铁塔的孔明灯比较危险！现在我都能明显听到‘嗞嗞——嗞嗞——’的放电声！”2 月 8 日，属地护线员李康巡视到 220 千伏越祠线 34 号塔下发现孔明灯挂线，立即汇报上级。

现场，一只“放飞自我”的孔明灯正挂在铁塔上，而且已经处于放电的状态，持续下去，可能会造成不可挽回的损失。如果人工上去清理，就会有一定的安全隐患。而且这只孔明灯悬挂的位置比较高，人工攀爬也有不小的难度。

有了无人机，这点小事迎刃而解。国网泰州供电公司输电智

能运检中心无人机飞行大队大队长张韧，立即率队赶赴现场，通过无人机搭载喷火装置，飞行到平行高度，点对点喷火处理，不到半个小时，就将电网上的孔明灯烧毁，成功化解异物挂网的危险。

这段时间以来，国网泰州供电公司从防疫期间线路邻近处“设卡防疫”和复工、复产保电责任等实际出发，启动“可视化 + 移动作业 + 护线网络”护电模式。推进 100% 四级护线网络痕迹化管理，即：构建设备第一责任人、属地护电员、义务护电员等的“四级群防”护电网络。公司实行设备第一责任人定期全线巡视和分区快速巡视、属地护线员分片网格巡视、义务护线员就近巡视，以强化防疫期间的属地护电作用，构建疫期网格化群防群治电网安全生态。

这次在村防疫区内的孔明灯挂网事件处理，就是抗疫情微信群网格巡检员戴健在“输电通道智能管控平台”推送信息后，无人机团队借力正在杨庄村防疫卡口内的属地护线员快速进入现场核对，继而开展无人机喷火紧急解决的。

“一键起飞”保障园区电网安全

新冠疫情发生以来，泰州医药园区内一批防疫及上下游生产企业复工复产。其中，江苏硕世生物科技有限公司以每天生产 10 万人份测试剂盒，成为生产“新型冠状病毒核酸检测试剂盒”的重要企业之一。为此，国网泰州供电公司每天组织人员对该医药园区 220 千伏白界线等 8 条输电线路和临近医药变等 5 座变电站开展全天候巡检保电工作。

为满足防疫期间人员不交叉接触作业要求，泰州供电首先完成主供该园区的 220 千伏寺巷变、界牌变和医药变等重要变电站的无人机自主巡检航迹采集及验证。然后，采取一人即可完成的

“一键起飞”自主巡检方式，每日完成80基杆塔和辖区内变电站的巡检。

防疫期间，泰州供电还将机器人等多源感知传感设备远程采集电网及通道实时运行信息上传至全景化智能管控系统，开展数据筛选和数据分析，推进通道隐患实时告警、电气量参数实时感知和实时监控、隐患瞬时预警、故障智能研判，为电网安全和企业复工复产保驾护航。

智能巡检全面替代人工巡检

5月17日上午8点，兴化市林湖乡新建的500千伏泰城线铁塔上方一架多旋翼无人机正沿着线路寻航，并不时悬停拍照。

铁塔下方国网泰州供电公司无人机飞行团队成员张淏凌和王茂飞相互配合，一人操控无人机机载云台，一人注意无人机与线路杆塔的距离是否在安全范围内。

站在他们旁边的是一位皮肤黝黑、身材健硕的中年男子，他时而抬头注视远方的铁塔，时而低头看手中的无人机地面站终端，还不时提醒两人注意事项。他就是国网泰州供电公司运维检修部输电运检专责戴永东。

1个小时后，他们借助无人机完成了对86基在建杆塔的随工验收。“以往这种验收都是采用人工登杆巡视的方式，像今天这样的工作量，需要16个人分成8个组花一天时间才能完成。”戴永东说。而现在，只需两三个人，一两个小时，无人机的协同工作，效率可见一斑。

戴永东从事输电线路工作30年，他曾用脚步丈量过泰州地区的每一条线路，对线路巡检工作的辛苦感触颇深。“以前线路巡检全部依靠人力，输电杆塔大多在野外，工作环境恶劣劳动强度大。”戴永东说。

对于戴永东而言，他的梦想就是未来的输电巡线工人不再是技能工人，而是技术人才。不需要跋山涉水、风吹日晒，一样可以守护电力线路、守护万家灯火。

为了实现这个梦想，他一直在努力。他每晚待在办公室，一边认真研读国网公司的智能运检白皮书，一边查找学习国内外智能运检新技术。那段时间，由于用眼过度，戴永东的近视加深了150度。

结合中心建设的实际情况，戴永东组织团队成员不断地修改完善方案。在中心硬件设施建设稳步推进的同时，软件系统研发也在进行。

无人机是实现智能巡检的重要支撑。2018年11月底的一天，他们第一次对无人机进行试飞调试。无人机从固定机巢内缓缓升起，并沿着预先设计的航线完成了杆塔精细化自主巡检。正当大家满怀期待试验顺利完成时，意外发生了，无人机没有按照预先的设定精准降落。

戴永东当即与无人机制造厂家技术人员联系，得知目前基于实时动态载波相位差分的定位技术在自主导航功能上存在误差，不能保证在这种机场局限环境下的精准起降。

“在我的字典里从来就没有‘放弃’两个字！”戴永东说。他反复研究其他飞行器起降的方式，提出将有人直升机降落时采取的视觉辅助技术移植到无人机固定机场上来，最终不仅实现了无人机精准降落，还为无人机的自主充电提供了可靠的技术保证。

“如今，我们可以实现全公司所有杆塔无人机精细化巡检的全覆盖，实现无人机替代人工巡检工作量50%（现在数据）的目标！”戴永东说道，“我们计划将无人机智能巡检技术拓展至

新能源科创服务中心运维人员在长城 110 千伏汽车变电站开展站内设备日常巡查工作

更多的专业领域。我们的目标是依托物联网技术，实现智能巡检对人工巡检的全面替代。”

○ 新身份：市政保姆，贴心服务

不忘初心，砥砺前行。

在国网泰州供电公司的员工中，这8个字，有着千钧之重，也是他们不断出发的原动力。他们明白，只有牢记自己的初心，才能在未来的道路上，负起应有的责任，担起该有的重任。在他们的初心之中，放着一座城市的重托，虽然沉重，也是动力，能够催促着他们不断前行，勇往直前。

在泰州，电力部门不仅用安全充足的电力维系着一座城市的运转，他们更是主动对接，担当起“保姆”的角色。他们用无微不至的服务，用贴心周到的态度，让每一个对接的单位，都能享受安稳。

风吹不倒、雪压不垮的周山河工程

思想再解放、项目大突破、城建新提升，早在7年前的2015年，泰州市委市政府提出了推进“三大主题”工作，拉开了泰州新一轮发展的序幕。按照工作要求，国网泰州供电公司全力配合周山河新城景观、绿化提升任务，周山河电力杆线迁移工程，时间紧、任务重、责任大，供电公司精心组织、周密部署，在市政府下达的“3月中旬完成”的工期基础上提前45天，交上了一份满意的答卷。

周山河工程与其说是一项电力施工项目，不如说是一项务期必成的政治任务。市政府预定工期为2016年3月，国网泰州供电公司为了响应政府号召，支持政府工程，起到排头兵的作用。主动将工程工期往前提，考虑到2月初是春节，他们将工程工期定于1月底，并以此倒排，制订具体施工计划，设立工期预警时间节点，全部参建员工，毅然放弃所有休息时间，持续作战，现场项目经理白天组织勘查，晚上进行图纸技术交底，技术员、安全员、施工员各守其职，坚决执行现场全程监督和管控要求。全体施工人员明确目标，齐心协力，争分夺秒地奋战在周山河施工一线。

周山河工程政策处理工作涉及范围广、工作量大，包含十多个社区、街道、政府下属部门。其中白马镇矛盾尤为突出，周边因建设过数条高压电力线路，居民对高压线路的抵抗情绪激烈。想要在此地开展施工，谈何容易。为此，供电公司组建了最强谈判小组进驻，协同白马镇政府做工作。为了减小对居民的影响，此段设计方案也是多次微调，直到2015年12月初，该段基础方才进场施工，期间老百姓多次阻扰，机械在进场之后又多次停工、撤离现场，此时距本工程的投运时间还有40多天，为此供电公司想能所想，安排专家现场测量电磁辐射，对老百姓的顾虑进行一一解答。每天安排1名领导干部坚守现场，经过不懈努力，只用了40多天，3.3公里线路全部完成，创造了一个奇迹，也为工程全线贯通提供了保证。

周山河工程跨越多条110千伏电力线路，沿途经过国道、省道和通航河流以及村庄，施工难度大，技术要求高。为此项目部专题开展施工技术攻关，攻关小组反复论证施工方案，在架线施工过程中，全程采用张力架线，减少了导线拖地对通道内的树木、经济作物的损坏，缩短了架线周期；在交叉跨越电力线路施工时，借鉴了特高压施工技术，采用带电封网措施，无人机展放牵引绳，避免了不必要停电，有效提高施工效率，这样的施工技术对特高压施工单位来说可能司空见惯，但对国网泰州供电公司这样一个地市级企业无疑是个挑战。

在周山河工程架线冲刺阶段，泰州地区寒流来袭，北风呼啸，气温降至零下五度甚至十度，那种冷用“天大寒，砚冰坚，手指不可屈伸”来形容都不过分，但是在工作中，为了保证灵活，工人们只能衣着单薄，这对大家的体能来说是一个考验，但现场的员工没有任何怨言，因为他们有服务地方发展的决心，有再拼一拼就能看到胜利曙光的信心。正是有了这样一群风吹不倒、雪压不垮的电力施工人员扎根在工程一线，激发了团队的战斗意识，这才生生地将这场看似不可能完成的任务推向了胜利，给全市人民交上了一份高质量的答卷。

长城汽车项目的“泰州速度”

一个大企业，既能够推动当地的经济发展，也是地方招商引资时的金字招牌。这些年，国网泰州供电公司，主动服务长城汽车供用电项目，也是彰显了国企担当。

长城汽车供用电项目主要包括 110 千伏线路迁改、110 千伏长城汽车变电站新建、110 千伏长城汽车变电站进线接入、10 千伏线路迁改等工程，共计迁改线路 5 公里，需新敷设 110 千伏电缆 2.5 公里、10 千伏电缆 1.2 公里，新建 110 千伏变电站 1 座、110 千伏 GIS 出线间隔 1 座、杆塔 13 基、电缆井 75 座，总造价近 1 个亿。国网泰州供电公司成立攻坚小组全力以赴完成任务，积极响应市委市政府提出的项目建设“泰州速度”，大力践行人民电业为人民的宗旨，不惧时间紧、体量大、技术难题多等困难，充分发扬电力铁军精神，全力确保长城汽车供用电项目安全、优质、高效完成。

长城汽车供用电项目实施期间，攻坚小组反复推敲各工程实施计划，制定最优方案。在110千伏线路迁改工程中，为保证长城汽车零部件厂房的同步投产，攻坚小组多次组织现场查勘，量身定制了一套临时迁改方案，尽管该方案增加了施工难度，但为长城汽车零部件厂房基础施工争取到了一个月的提前量；在110千伏变电站工程中，攻坚小组取消了原先新扩GIS间隔的方案，改为现有间隔改造，全省首创GIS部件制造与拆装同步法，施工周期由原来的2个月缩短至14天，仅此一项就为业主节约成本50万元；在110千伏进线接入工程中，攻坚小组结合长城汽车附近电网结构，主动为业主优化电网系统方案，完善长城汽车供电电源配置，促使长城汽车110千伏供用电的可靠性提高至99%。

长城汽车整车项目复工后，攻坚小组也按下了电力复工的“快进键”，在完成了政府、供电公司和长城业主的各级审批后，小组秉持“任务不减、目标不变”的总体要求，倒排施工工期，不断优化施工组织设计，合理加大施工力量的投入，努力将疫情的影响降至最低。在110千伏变电站新建工程中，为保证电气安装的施工周期，攻坚小组对变电站土建施工工序不断优化调整，优先安排最为紧张的施工工序，集中优势兵力、抢抓时间，做到一旦土建具备条件，电气施工立即跟进。此外，疫情对电气设备驻厂监造成了难题，为时刻了解各物资生产情况，攻坚小组采取线上“云”监造，确保了主设备的生产进度和质量控制。在攻坚小组的精心谋划下，新建一座110千伏变电站由10个月的理论工期压缩至5个月完成，为长城汽车项目的按时用电打下了坚实的基础。

攻坚小组坚持“你用电，我用心”的理念，密切关注长城业主需求，从业务咨询到启动送电，全程“保姆式”跟踪，在优质服务的道路上勇往直前。供用电项目实施前期，攻坚小组全力上争项目资金达1000万元，做到让业主省心省力，也保障了各工程的顺利开展。攻坚小组协同供电公司各部门多次走进长城汽车，做到业主动“口”，团队动“手”，在了解到长城汽车业主有临时用电增容需求的时候，小组迅速协调公司各部门，将用户临时用电增容手续环节由12个压缩至4个，为现场查勘、方案答复、设计施工、竣工验收开辟通道，全程“绿灯”，业务办理本应15天的周期压缩至5天。正是因为小组主动担当、履职尽责的优质服务，长城汽车公司和高港区政府向供电公司赠送锦旗，感谢并高度赞扬了供电公司为企业及地方经济发展作出的贡献。

主动为市政部门提供“保姆”服务

除了这些大工程，大项目，国网泰州供电公司还主动为住建局、交通局、水利局3家市政部门以及泰州市港城建设投资发展有限公司、城市基础公司、泰州市城市水利投资开发有限公司、泰州市交通产业集团有限公司等政府平台企业提供服务。

岁末年初是政府出台重大规划、重要政策的关键时期，供电公司每年抓住这个时机，由公司主要负责人带队主动走访政府部门，及时了解市政和园区规划，加强信息沟通和职能联动，及早研究部署次年重点工作、重大工程、重点项目：

在项目确定后，制定项目挂钩清单，由公司党委委员分别挂钩市政重大项目，落实“一园一策”“一企一策”等措施，每月通报、分析工程推进进度，安排专人督办重要事项，提前发现解决问题，争取工作主动。

每个项目安排一名项目经理，全过程跟踪项目立项、商务接洽、工程推进、审计结算等业务，做到一个项目只跑一扇门、只找一个人，设身处地为市政工程着想，不仅做到“随时办”“马上办”，而且全力做到把事情办好、办出色、办满意，缩短服务流程，提高服务效率。

为保证市政工程、重点项目顺利实施、快速推进，结合项目特点和发展规划，派出专门评审服务团队，从电力角度对项目可研性进行分析和解读，梳理政策，为项目提供精准“导航”，确保不发生因政策原因引起的工程停滞。

泰州供电在攻坚工程现场设立指挥部，一条线发现问题、一条线解决问题，随时掌握施工进度，发挥持续作战、啃硬骨头的作风，争分夺秒奋战在施工一线，确保关门节点到、工程钥匙交。

国网泰州供电公司认识到，贴心服务市政项目不是漫无目的地服从调配，而是做政府真正需求的事情，站在为人民服务的高度，以主人翁意识把电力工作融入政府的整体规划中，公司以此为出发点创立的市政项目“保姆式”服务规范：持续管理变革，实现便捷高效的流程化运作，全面贴近市政需求；做专业的管理者，提供市政工程成熟的方案，不仅满足做成事，还要做好事；高效的应急响应，在人员、装备、管理中体现协作优势，在攻坚项目中体现价值担当；完美无缺的质量保证。

这样的主动作为，提供的后勤保障，让更多的泰州市政单位，能够毫无后顾之忧，大步迈向全新未来。